24/7

Antonio Incorvaia
Alessandro Rimassa

Generazione mille euro

Rizzoli

ISBN 88-17-01208-4

Prima edizione: giugno 2006

Generazione mille euro

Merda!

È la prima parola che mi viene in mente stamattina. Non la pronuncio solo perché ho ancora la bocca impastata da alcol e sigarette, ma la luce che filtra dalle persiane e si riflette sullo specchio non mi lascia dubbi: non ho sentito la sveglia. Devo essere in un ritardo mostruoso.

Allungo la mano sul comodino e cerco nervosamente l'orologio o il cellulare. Eccolo. Quasi non riesco a guardare il display illuminato: 09:48.

Ri-merda!

Tre, due, uno…

1

due ore di ritardo

Contraggo gli addominali con stile da flessioni militari, ribalto il piumone, salto fuori, butto boxer e maglietta per terra, mi fiondo in doccia. Acqua gelida. Bollente. Denti (ah, mi devo ricordare di comprare uno spazzolino nuovo: questo è devastato), barba (no, per fortuna non ne ho tanta, oggi si può evitare), deodorante, profumo, jeans, camicia, maglione, scarpe. Niente colazione.

Mi infilo la giacca e sono già fuori casa quando sento Matteo che mugugna dalla sua stanza. Lo invidio: in questo momento vorrei essere ancora all'Università e godermela, come fa lui.

Mentre in rapida successione faccio la conta dei miei coinquilini (Rossella è fuori, Alessio è a lavorare... cazzo, almeno lui poteva svegliarmi stamattina!) e corro come un mezzofondista per raggiungere la fermata dell'autobus tra l'indifferenza della gente, il freddo e una fastidiosa pioggerellina che inizia a bagnarmi i capelli, mi si accendono ottanta lampadine: ma se Ross è via, di chi era il reggiseno sulla sedia in sala? Certo non di una che ha passato la notte con Ale: da quando abitiamo insieme (saranno quasi due anni), non l'ho mai visto con una donna. Matteo invece mi ha detto di stare con una pattinatrice che però – era sulla Gazza di ieri – in questo momento si sta allenando in Germania.

Cavoli loro. Stasera vediamo se qualcuno tira fuori l'argomento. Magari scopro che i miei coinquilini sono amanti del travestimento. Abito in una zona della tipica periferia milanese (viale Certosa) che di notte è un via vai di prostitute e padri di famiglia che fan la coda con le loro macchine di lusso: non ci sarebbe di che stupirsi. In fondo è un modo come un altro per arrotondare.

Oh, finalmente: ecco l'autobus. È di quelli completamente imbrattati dalla pubblicità (di un telefonino, naturalmente): non capisco se è una geniale idea di marketing o un'assoluta idiozia, visto che copre per intero anche i finestrini e, per quel che mi riguarda, io il cellulare in questione sento già di detestarlo.

Otto minuti e dovrei essere al metrò, poi altri tredici per arrivare in centro. Quattro minuti a piedi e sono in ufficio. Totale: venticinque minuti. Arriverò a un quarto alle undici. Quasi due ore di ritardo: grandioso!

Immagino già la situazione: Daniele che ancora pensa al suo party di ieri con l'aria di chi è tanto felice per la festa e tanto disperato per aver compiuto i fatidici trenta; Gloria al telefono con marito/bambina/baby sitter; Mark che parla contemporaneamente su quattro linee (e con almeno due persone sedute davanti a lui) senza perdere il suo self control da perfetto inglese; Stefania indecisa se essere isterica perché non ci sono o perché ha indossato una camicetta che «forse però era meglio metterne una diversa...».

Pausa. Svuoto la mente come si fa col cartone del latte quando lo sbatti per far scendere l'ultima goccia.

E se spegnessi il cellulare e sparissi per sempre? Impossibile: non ho né il coraggio né i soldi. Forse nemmeno la voglia. Se invece sparissi solo per un giorno? Ventiquattro ore di buio in cui dimenticarmi chi sono e vivere fuori del tempo: sarebbe come camminare sulla Luna…

Non finisco neppure di godermi la scena, che di colpo mi ritrovo catapultato nella realtà: «MRW International buongiorno», scandisce con un sorriso fintissimo una delle centraliniste mentre varco la porta a vetri ed entro nel favoloso mondo patinato della tipica «Milano da bere», quello della grande azienda internazionale con filiali un po' ovunque, dove tutti sono direttori, account, manager o plenipotenziari. Tutti, tranne me.

«È il mondo del lavoro, baby…» mi ripete sempre Eleonora (una che mi fa perdere la testa ma alla quale, la testa, la staccherei pure). «E tu devi tirare fuori le unghie, se vuoi diventare uno che conta!»

Cazzate. Mi piace il mio lavoro, ma mi piace anche godere i silenzi, le gioie, le banalità, le favole che la vita può regalarti. Non si campa di sole posizioni sociali acquisite. E non si campa di solo denaro. Anche se 1028 euro netti al mese, senza tredicesima, ti allontanano da qualsiasi distrazione più velocemente di quanto non volasse un Concorde, pace all'anima sua.

Non fa in tempo ad aprirsi la porta dell'ascensore che subito mi trovo davanti gli occhi di Stefania, la mia capa, che mi accolgono fucilandomi con la precisione e la velocità di un M16. Per fortuna Mark non le lascia il tempo di aprire bocca: «Claudio, ti aspetto nel mio ufficio».

Per una volta, l'ufficio di Mark è incredibilmente vuoto. Dalla grande finestra si vede tutto il passeggio di corso Vittorio Emanuele: qualche ragazzo che ha bigiato, un gruppo di turisti giapponesi che cercano la galleria per entrare in Montenapoleone, i soliti tipi che vendono penne, borse, braccialetti o giornali. Il mio sguardo scivola verso la scrivania di vetro, con sopra una vecchia targa di ottone come quelle dei film in bianco e nero: «Mark Porter, marketing director». Chissà chi ha regalato questo relitto a un tipo come Mark, un trentasettenne inglese che vive a Milano da quattro anni e che tra iPod, Mini Cooper, laptop della Apple, videofonino Umts e lettore dvd portatile è l'emblema dello yuppie tecno-dipendente sempre all'avanguardia.

Come al solito mi perdo tra i miei pensieri quando Mark, camicia bianca col primo bottone slacciato e giacca grigio chiaro, si siede e mi invita a fare lo stesso. Tempo un secondo e mi si avvicina una tizia mai vista prima: avrà più o meno la mia età, indossa un tailleur nero con pantalone, stivali neri, camicetta rosa chiarissima e una spilla vistosa che ferma la scollatura (terza, terza secca sicuro!). È la prima cosa che noto, la spilla: oro bianco con un enorme brillante sopra, chissà quanto l'avrà pagata (sottinteso: chi gliel'ha regalata)? Capelli corti e corvini, occhi scuri, viso sottile e leggermente allungato. Fossi più piccolo sarei terrorizzato davanti a una così; adesso, invece, me la vedo un po' come la padroncina perfetta per una notte di sesso bizzarro...

«Claudio, tutto bene? Hai gli occhi stralunati» attacca Mark battendomi sulla spalla.

«Sì, scusa. Anzi, scusa pure per il ritardo di stamattina, deve essersi rotta la sveglia... Non ha suonato. Ti prometto che non succederà più.»

«Ti presento Angelica Corda» riprende Mark senza perdersi in convenevoli e facendomi sospettare che in circostanze diverse sarei stato probabilmente linciato. «È senior account nella struttura marketing della filiale spagnola. Stasera andrete insieme a Barcellona: domani c'è una riunione importante per il lancio europeo di Ka-Ty e tu, Claudio, dovrai presentare il progetto che abbiamo elaborato qui in Italia. Angelica sta girando tutte le sedi della MRW per conoscere in anticipo le diverse strategie locali ed essere certa che le idee sviluppate a livello global non contrastino con quelle local. Alle dodici riunione con tutta la struttura, poi a pranzo ridefinisci con Stefania la presentazione e alle diciotto partite. Qualche domanda?»

«Sì, una» faccio con un tono tra il rimbambito e l'impertinente, «come mai non va Stefania?»

«Perché l'idea della promozione sul territorio è tua e di Gloria. E mentre lei ha una figlia, tu sei libero di muoverti senza problemi.»

Che figata!

Certo, dovrei essere felicissimo. *Sono* felicissimo. Lavoro qui da poco meno di un anno (undici mesi e mezzo, per l'esattezza) e finalmente inizio a viaggiare. Poi Barcellona, una riunione europea, questa specie di figa sadomaso al mio fianco... Insomma, tutto semplicemente favoloso. Tranne una cosa: in queste occasioni la MRW paga aereo e hotel, tutte le altre spese vanno anticipate e poi vengono rimborsate dopo un paio di settimane. E per uno che guadagna 1000 fottutissimi euro al mese non è roba da poco: considerato che oggi è il ventitré e che di stipendio non se ne parla per un'altra settimana, è un bel casino. Aggiungiamo che devo restituire 100 euro a Matteo (avevo promesso di darglieli oggi) e la frittata è fatta.

Esco dall'ufficio di Mark con la testa che mi scoppia. Vado alla scrivania e accendo il pc mentre Gloria sta stampando diapo e pdf del nostro piano marketing.

La riunione con Angelica, tosta ma estremamente cordiale, procede per il meglio. Stranamente, anche quella con Stefania. Scoprirò poi che è felice che sia io ad andare a Barcellona per non ritrovarsi di fronte il vice direttore commerciale internazionale, con il quale ha avuto un pesante flirt (e conseguente scazzo planetario) un paio d'anni fa.

Quando esco dall'ufficio sono le tre del pomeriggio: ho due ore e mezza per comprare lo spazzolino e un paio di cose per il viaggio, andare a casa, fare la valigia, tornare in centro e prendere il treno per Malpensa. E dovrei anche chiamare i miei per avvisarli che vado all'estero.

«Siamo spiacenti ma il suo credito è esaurito, pertanto lei potrà solamente ricevere chiamate fino al...»

Fanculo.

Di nuovo metro, di nuovo autobus, di nuovo sedili che sembrano scottarmi sotto il culo per l'ansia e la fretta. Senza staccare un secondo gli occhi dall'orologio entro nel market davanti al capolinea. Spazzolini, spazzolini... Dove cazzo sono gli spazzolini?

«In fondo, ultimo corridoio sulla destra. Li trova appesi!»

Un commesso gentile? La cosa mi stupisce. Forse è solo perché sono abituato ad andare al discount o all'iper: questi supermercati di lusso – o almeno, di lusso *per me* – di solito non li frequento. Oggi però va così, non ho scelta.

«Cosa?!? 4 euro e 50 per uno spazzolino?»

Il mio pensiero diventa parola e una signora di fianco a me – classica finta bionda brianzola, la fotografo in tre secondi – interviene in un batter d'occhio: «Quest'euro ci sta rovinando, te'l disi mi... Ci sta rovinando!».

Vabbe', sì: con questi soldi al discount me ne comperavo due, di spazzolini, e in più mi rimaneva pure qualcosa, ma non è certo colpa dell'euro se i supermercati fanno pagare uno spazzolino più del doppio di un discount. E poi adesso non ho né tempo né voglia di tuffarmi nel solito interminabile discorso sull'euro, sul governo ladro e sui commercianti truffatori. No, oggi proprio no.

La scena si ripete puntuale davanti al docciashampoo e al dopobarba, anche se stavolta per non replicare all'ennesima vecchietta devo mordermi la lingua.

Corro alla cassa e chiedo anche la ricarica per il cellulare.

«Le abbiamo solo da 25 e da 50 euro, vanno bene lo stesso?»

«Sì, mi dia pure quella da 25...» (tanto con quella da 10 se mi arriva una telefonata mentre sono in Spagna non faccio nemmeno in tempo a dire «Pronto»).

Totale: 35 euro e 45 centesimi.

Il sacchetto grande evito di prenderlo: uno spazzolino, uno shampoo e un dopobarba posso tranquillamente infilarmeli nello zaino.

Mi siluro a casa controllando l'ora più o meno

ogni trenta secondi. C'è solo Matteo. Non male: è metà pomeriggio e lui, con indosso solo l'asciugamano, cammina lento con l'aria di chi è appena uscito dalla doccia.

Il reggiseno di stamattina è ancora lì che svetta sulla sedia del salotto. Bisbigliando, cerco di chiedere a Matteo se la tipa è ancora di là in camera sua.

«Tipa? Ma quale tipa? Guarda che ho dormito da solo...» sbotta lui come a volersi discolpare da chissà quale accusa.

«Scusa... e allora quello di chi è?» gli faccio eco con lo stesso tono, indicando il reggiseno per far capire a Matteo di cosa sto parlando.

«Oh cazzo!» non se n'era nemmeno accorto. «Vuoi vedere che Alessio ha colpito stanotte?»

No, non ci credo. Non è possibile, Matteo sta vaneggiando.

«Teo, non dire stronzate: tu vivi qui da tre mesi, ma io Alessio con una donna non l'ho mai visto. E quando anche sarà, di certo non porterà la quarta e non indosserà biancheria di pizzo firmata!»

Giocare alla *Signora in Giallo* mi piacerebbe da matti, ma i tempi sono stretti. Recupero il trolley che mi ha regalato mia madre tre anni fa, ci ficco dentro il necessario per due notti e lo chiudo (a fatica).

«Guarda che sto via due giorni, mi mandano a Barcellona per lavoro. Ci vediamo venerdì» gli urlo da dietro la porta socchiusa della sua camera. Lui la riapre di colpo saltando su dal letto e lasciandosi cadere dietro l'asciugamano.

«Barcellona? Grandioso! Vai alla Terrazza: è una disco troppo figa dove... Guarda, non ti dico niente: vacci e poi mi dirai quanto te la sei goduta!»

Inutile stare a spiegargli che non avrò nemmeno un minuto libero e che non parto con lo zaino, il sacco a pelo, due amici e dieci grammi di hashish. Lo saluto, esco e penso solo che per fortuna non mi ha chiesto i 100 euro. Nel portafoglio – lo controllo mentre scendo di corsa, per la seconda volta nella stessa giornata, i tre piani di scale che mi separano dal portone – ci sono esattamente 164 euro. E devo arrivare a fine mese, sperando che Teo accetti di riavere i suoi soldi quando prenderò lo stipendio. Non mi scoraggio: sono abituato a tirare a campare e a fare i conti al centesimo per riuscire a non usare quel poco di fondo che ho sul conto in banca. Anche se so che un giorno finirà per autoestinguersi, tra spese e bolli che mi prelevano forzatamente ogni tre mesi.

Salgo sul bus che mi porta a piazza Cadorna. È strapieno, com'è normale nelle ore di punta, ma non aspetto il prossimo: mi faccio scudo con il trolley e mi ritaglio dieci centimetri quadrati di spazio. Quando arriverò, scommetto, troverò già Angelica ad aspettarmi. Che problema c'è? Ci imbarchiamo sul Malpensa Express e arriviamo in aeroporto: più semplice di così. Mentre realizzo che mi sto facendo prendere dall'ansia da prestazione, mando un sms a mamma: *«Ciao,vado x lavoro a Barcellona,torno vene pome,ti mando sms quando atterro in Spagna.Saluta papà,baci»*.

Mia madre si chiama Luisa, ha sessantasei anni, e ha imparato a usare gli sms da tre: l'ho praticamente costretta perché internet non sa nemmeno cosa sia e chiamarla mi costava un botto. Ora me li scrive pure: *«Prudenza e copriti. Mamma»*. Li firma sempre, i messaggini: non ha ancora capito che vedo da che numero arrivano e so che è lei.

Alzo la testa e riconosco l'enorme scultura con ago e filo di piazza Cadorna, di cui metà dei milanesi va tanto fiera e l'altra metà si vergogna. Grazie a Dio sono puntuale.

Ecco Angelica.

«Ciao Claudio, tutto bene? Scusami, posso chiederti di pagare il biglietto per Malpensa anche per me, che il Pos è fuori uso?» mi saluta con l'aria di chi sta impartendo un ordine.

Eseguo: 26 euro. Spero che avrà almeno il buon gusto di restituirmeli.

«Ah, segna pure tutto sulla tua nota spese...» aggiunge sorridente.

Ecco, appunto.

A qualcun altro, nella mia stessa situazione, a questo punto sarebbe venuto un colpo. Io invece ci ho fatto il callo: tre anni di università di primo livello e altri tre di specialistica (uno fuori corso) a fare lo stewart, a scaricare frutta, a lavorare come commesso per mettere insieme qualche soldo (quando ero in stage tiravo su 300 euro al mese lavorando anche undici ore al giorno). Subito dopo la laurea, il primo impiego nel marketing di una piccola azienda: 800 euro in nero per un anno. E poi la «grande occasione» (si dice così, no?): «Benvenuto alla MRW International!» mi ha accolto Mark stringendomi la mano e guardandomi dritto negli occhi. Sembrava uno di quei film americani dove ti incensano prima di incularti a sangue. Mancava solo la bandiera a stelle e strisce, un generale ricoperto di medaglie e un giro di archi come colonna sonora per rendere la scena davvero epocale.

Comunque non posso lamentarmi: alla fine, in questo quasi-anno, mi sono trovato bene. Lo stipendio non è certo il massimo, ma con qualche sacrificio e piccoli giochetti di magia mi permette di arrivare a fine mese. Il lavoro mi soddisfa (anche se Stefania è una cretina patentata e la posizione di junior account a ventisette anni non è un titolo di cui andare particolarmente fieri), la vita privata mi regala amici, uscite serali, sudate in palestra e... beh, no: l'amore non ancora. Eleonora mi fila e non mi fila, io prima le corro dietro e poi le sbatto la porta in faccia, una settimana ci sentiamo dieci volte al giorno e la settimana dopo non ci sentiamo proprio. Insomma, giochiamo a cane e gatto, e non ho idea se la nostra non-storia si trasformerà mai in qualcosa degno di *Love Boat*.

Sospiro. Non siamo ancora saliti sul treno, ma io

il mio viaggio (mentale) me lo sono già fatto. Di sola andata, come sempre.

Il Cadorna-Malpensa è quasi pieno: non mi aspettavo che anche durante la settimana viaggiasse così tanta gente. Prima di riuscire a trovare due posti liberi, Angelica e io dobbiamo attraversare quattro carrozze facendoci largo a suon di «Permesso» e «Mi scusi».

Sistemo la valigia di Angelica («Ti ringrazio, sei un tesoro!»), poi la mia e ci sediamo, rimanendo un paio di secondi a fissarci negli occhi. Nessuno dei due sa bene cosa dire per attaccare discorso.

Per fortuna è lei a rompere gli indugi: «Come ti trovi con Mark?» mi domanda maliziosamente, lasciandomi sospettare che tra loro due ci sia una certa simpatia.

«Bene, bene...» mi limito a rispondere diplomaticamente.

«Sì, è una persona davvero in gamba. E mi ha parlato bene di te...» mi confida lasciando volutamente il discorso in sospeso.

«Ah, davvero? Mi fa piacere» replico a mia volta senza capire se sta dicendo sul serio o se sono convenevoli per mettermi a mio agio. Spero soltanto che non passi tutto il viaggio a parlare di lavoro, non riuscirei a reggerlo.

«Dice che sei un tipo affidabile e creativo.»

Le sorrido annuendo con la testa. Davvero Mark mi considera «un tipo affidabile e creativo»? Potrebbe dirlo a me, allora, piuttosto che a una persona che nemmeno conosco. O almeno potrebbe cercare di dimostrarmelo un po' più spesso. Non che ne abbia mai dubitato, ma ogni tanto farebbe bene al morale sapere di godere della sua stima. «Vedrai, Ka-Ty sarà un successo mondiale!»

«Sì, è quello che penso anch'io. In effetti, è un progetto cui tengo molto...» mi sbilancio cercando di non sembrare presuntuoso.

«Ma certo, è una bomba, una vera novità! A noi in Spagna è piaciuto da subito e penso che ci investiremo parecchio. Ah, a proposito: la nostra sede è proprio davanti alla Sagrada Familia. Credo che ti troverai bene!»

«Ne sono sicuro, amo molto la Spagna e voi spagnoli: siete sempre così simpatici e ospitali!» confermo snocciolando un luogo comune nel tentativo di farle cambiare discorso. Senza riuscirci.

«Io lavoro in MRW da circa tre anni. Tu da uno, Claudio, vero?»

«Sì, sì... Più o meno da un anno» la liquido distrattamente.

Butto l'occhio fuori dal finestrino e cerco di capire quanto manca per arrivare a Malpensa. Mi sembra di essere a un colloquio: siamo due ragazzi, cazzo, si può anche discutere d'altro.

«Senti, ma oltre al lavoro hai altri interessi?» butto lì a bruciapelo.

Silenzio.

Angelica abbassa lo sguardo e arrossisce. Io abbasso lo sguardo e arrossisco a mia volta. Mi volto nuovamente verso il finestrino per cercare le parole per farmi perdonare, ma la sua risata mi salva dall'imbarazzo.

«Finalmente qualcuno che me lo chiede! Non vorrei averti dato l'impressione di essere la classica donna in carriera che parla solo di lavoro... Perdonami. È che non mi capita mai di avere a che fare con qualcuno a cui importi qualcos'altro di me...»

Riprende fiato, dopodiché straripa: «Sai, di solito a nessuno interessa nient'altro di me, dei miei hobby, di quel che faccio fuori dall'ufficio. Viaggio molto, vedo spesso persone diverse e non faccio in tempo a conoscere qualcuno che un'ora dopo non lo vedrò mai più. Capisco che in molti possano rimanere spaventati da questa mia aria troppo professionale, ma è solo un'impressione. Ti giuro che sono una ragazza normale».

Cazzo! E meno male che non sapeva parlare d'altro che di lavoro. Adesso ci manca solo che mi racconti anche dell'ultima volta che ha avuto le mestruazioni...

«E tu, invece? Chi sei, fuori dall'ufficio e da quel nodo di cravatta così morbido?»

Vorrei raccontarle che sono nato vicino a Salsomaggiore («Ma dài! Quella di *Miss Italia*...»), che ho studiato nel mio paese e che ho fatto l'università a Milano. Vorrei dirle che sto in affitto con altre tre persone, che ho la passione per il calcio, per la palestra, per le ragazze, per *una* ragazza – Eleonora – e per le feste alcoliche, ma che so anche fare dei ragionamenti di senso compiuto. Vorrei dirle di quanto sia un casino vivere con 1000 euro al mese («Eh, ti capisco...» – «Come cazzo fai a capirmi, che prenderai almeno quattro volte tanto?»), delle mie aspirazioni professionali e, soprattutto, di quelle personali: vivere una vita serena. Vorrei dirle anche di quanto spesso mi perda a rincorrere la mia immaginazione, di quanto le nostre città ci stiano spegnendo ogni interruttore, di come sogno il mondo, di come mi scontro ogni giorno con la pioggia, il sole, il vento, ancora la pioggia, ancora il sole, la nebbia e questo dannato cielo di Milano che non è mai azzurro. Ma non c'è tempo: stiamo per arrivare in aeroporto e forse non ha nemmeno senso aprirsi davanti a chi conosci da tre ore. E poi non vorrei sembrarle il classico ragazzino che parla solo con le frasi dei film per sembrare meno banale.

Per fortuna (o per sfortuna), il cellulare mi salva da ogni dubbio. Un sms da Ely: *«Tesoro è confermata la nostra uscita romantica di stasera?».*

Trattengo il fiato: ecco chi mi ero dimenticato di avvisare.

Non la prenderà bene. Eleonora è una di quelle tipe che quando chiamano devi (*devi!*) dire sempre di sì. E infatti la sua risposta mi gela il sangue nelle vene.

2

noi quattro

«Ah, sei tornato… Allora, com'è andata?»

È Matteo. Non faccio in tempo ad aprire la porta che me lo trovo davanti, svaccato sul divano e avvolto dalla luce bluastra del televisore, con lo sguardo perso nel vuoto. Canotta smanicata, jeans strappati, birra in una mano, telecomando nell'altra: la tipica aria da gioventù bruciata del nuovo millennio. Non capisco se sparsi sul tavolino davanti a lui ci siano pop corn o i suoi neuroni.

Strano che passi una serata in casa.

«Bah, niente di che. Lavoro, routine... Ma sei da solo?»

Trascino il trolley (e le gambe) lungo il corridoio e mi barrico in bagno a lavarmi la faccia. In realtà dovrei farmi una doccia, mi sento addosso gli odori dell'aereo, della metropolitana e dell'autobus stratificati come calcare. Prima, però, voglio assolutamente mettere qualcosa sotto i denti. È da stamattina a colazione che non tocco cibo: prima il *tour de force* di riunioni in giro per Barcellona senza nemmeno dieci minuti di pausa pranzo, poi la corsa all'aeroporto in taxi all'ora di punta con la paura di perdere il volo e, per finire, i prezzi da ulcera perforante delle caffetterie turistiche. D'accordo, «paga la ditta», continuava a ripetere Angelica mettendo abilmente in conto ogni genere di crema, cremina, fondotinta e mascara. Ma visto che questo «paga la ditta» significava «paghi tu, poi la ditta ti rimborsa», non me la sono sentita di anticipare altri 9 euro di tasca mia per un panino e una Coca. Con quei soldi, dalle mie parti, ci si fa la spesa per più di un giorno.

«Parla, ti sento!» grido a Matteo mentre l'acqua scorre. Non è vero che lo sento: voglio solamente cercare di scuoterlo dalla catalessi. La gente che si annoia mi dà fastidio a prescindere.

«Il tuo amico Alessio è a teatro con i tipi di CL, Rossella è andata a fare la baby sitter non ho capito bene dove...»

Chiudo il rubinetto.

«Che hai detto? Rossella è andata a fare la baby sitter?»

Sarà la stanchezza, ma la notizia (niente di straordinario, in fondo) mi coglie di sorpresa. Sono stato via appena due giorni e già scopro delle novità di cui non ero stato informato. Poteva almeno mandarmi un sms, visto che abbiamo la tariffa speciale a 1 centesimo e visto che ci è costato 8 euro attivarla e praticamente non la sfruttiamo mai.

Rossella che fa la baby sitter? Naaa, non me la

immagino proprio: «Vieni qui, bel bambolottino della mamma… Su, da bravo, mangia tutta la tua sbobbina, che poi la zia Ross per premio ti fa stare alzato a vedere il dvd di Marilyn Manson e guai a te se ti azzardi a fiatare anche solo per fare il ruttino!».

Chissà, magari invece è meglio di tante madri. Quantomeno di quelle che lasciano sempre i figli alle baby sitter, anche quando non è necessario.

«Sì, l'hanno chiamata stamattina. Ho preso io la telefonata, ma non so dirti altro.»

«Almeno ha detto quando torna?»

Voglio aspettarla alzato, tanto domani ho la giornata di riposo. Sono troppo curioso di sapere cos'è questa storia della baby sitter, e magari lei vorrà sapere com'è andato il mio viaggio in Spagna.

«Non ne ho idea. Quando è uscita ero fuori e non ha lasciato scritto niente.»

Matteo sembra parlare con il televisore, piuttosto che con me. Non ha staccato gli occhi dallo schermo nemmeno tre secondi: avrei potuto tagliargli i capelli con una motosega e probabilmente non se ne sarebbe accorto.

Mi avvicino alla cucina. Frigorifero vuoto. Vaffanculo: il frigorifero vuoto alle dieci di sera dopo un viaggio da Barcellona no!

«Scusa Teo, non è rimasto niente di commestibile?»

«Non credo. C'era una busta di riso e l'ho mangiata io mezz'ora fa. Dovevo uscire con la Fra e la Giulia, ma come vedi sono saltati i piani. Mi spiace.»

«Non preoccuparti. Anzi, spiace a me per te: da quando abitiamo insieme non ricordo un solo venerdì sera che non sei uscito. Frutta?»

«Forse delle mele, sul balcone.»

Non posso cenare con «forse delle mele»: o mi faccio una pasta in bianco, o mi tocca uscire. Il Mc Donald's è a una fermata di tram. Mi farò una passeggiata, così intanto mi passa anche un po' il tempo in attesa che arrivi Rossella.

«Vado al Mac. Tu che fai?»

Do alla domanda quella sottile venatura di «te lo sto chiedendo per gentilezza: se vuoi venire vieni, ma se non vuoi non sentirti obbligato» che Matteo sembra non cogliere. Immagino non stia pensando ad altro che a come organizzarsi il sabato per non restare al palo un'altra volta.

«Ma sì, vengo. In tv non c'è un cazzo...»

Fosse per me, a Milano vivrei solo di notte. E non certo per i locali da brochure e quella movida patinata che fa tanto «metropoli trendy», ma perché di notte la città mi sembra più mia. I rumori si diradano, il casino svanisce, la gente diventa di colpo più umana e meno meccanica, tirando fuori il meglio e il peggio di sé. Manager rampanti che si accalcano davanti ai baracchini della porchetta dopo essere andati a puttane, tipe che te la tirano dietro in discoteca dopo averla tenuta in cassaforte per tutto il giorno in ufficio, strade che finalmente sembrano portare da qualche parte perché riesci a vedere dove cominciano e dove finiscono. E poi l'aria, quell'aria fredda e tagliente che ti tiene sveglio molto più della nebbiolina burrosa delle dieci di mattina.

Adoro girare a Milano di notte.

«Beh, ci sei andato o no in discoteca ieri sera a Barcellona?»

Mi sorprende che sia Matteo ad attaccare discorso. Non mi sorprende affatto che, con tutto quello che potrebbe chiedermi sul mio viaggio, gli interessi solamente sapere se sono andato in disco.

«Cosa? Ah, no... No, non ci sono andato: io e Angelica eravamo troppo stanchi tra viaggio, riunioni, riunioni e ancora riunioni... Alle nove e mezza ero in albergo a dormire.»

«Sbaglio o ti stai imborghesendo? Parli come uno di quei patetici colletti bianchi dei telefilm americani.»

Stronzate. Vorrei rispondergli che è molto più borghese lui che non si perde una festa mondana o un happy hour modaiolo nemmeno se lo legano in casa, di me che guadagno 1000 euro al mese e che la discoteca a Barcellona (30 euro) posso permettermela solo rinunciando a tre giorni di pasti completi.

Mi trattengo.

«Vorrà dire che mi ci porterai tu quando andremo in Spagna insieme, ok?»

«Sto giusto giusto organizzando un weekend con

Giulia e altre due sue amiche. Perché non ti unisci a noi?»

Mi pare di intuire una sottile venatura di «te lo sto chiedendo per gentilezza: se vuoi venire vieni, ma se non vuoi non sentirti obbligato» (sottinteso: a dover chiedere un mutuo).

So benissimo che Matteo mi considera il classico «morto di fame» e non perde occasione per farmelo notare con la scusa che secondo lui «mi sto imborghesendo», ma ormai ho imparato a conoscerlo e la cosa non mi disturba più di tanto. In fondo non lo fa con l'intenzione di umiliarmi (gli richiederebbe uno sforzo intellettivo da fusione a freddo), anzi: siamo soltanto talmente diversi che gli viene del tutto naturale. D'altronde, se non fosse per i suoi genitori (che con i soldi ci concimano anche le piante), lui di suo non potrebbe comprarsi nemmeno le mutande: non solo non conosce il significato della parola «risparmio», ma nemmeno quello di «lavoro» e «guadagno».

«Gagliarda come idea. Ci penso, poi magari ti faccio sapere.»

Se mai avesse fatto qualche colloquio in vita sua, Matteo avrebbe già capito che il mio «Ti faccio sapere» significa sostanzialmente «Scordatelo». Invece gli si illuminano gli occhi di quell'ingenuo autocompiacimento della serie «Ti ho convinto, stavolta!». Quasi mi rallegro di avergli fatto tornare il sorriso. Ma sì, magari ci penso davvero. In fondo siamo diversi, ma anche complementari: lui è la mia parte disimpegnata, quella meno complessa e meno problematica. Per quanto possa sembrare strano, ogni tanto mi piace discutere con Matteo, perché sta ad ascoltarmi imbambolato senza aprire bocca. È il mio punching-ball preferito.

«Cosa prendi?»

Ero talmente sovrappensiero che non mi sono neanche accorto che siamo già arrivati al Mc Donald's.

«In questo momento mangerei anche...»

Matteo deve avermi fatto la domanda per pura formalità, visto che non riesco nemmeno a finire la frase – «... i tovaglioli di carta intinti nel ketchup» – che sta già ordinando.

Come da copione, ha puntato la cassiera carina. Avrà al massimo vent'anni e sembra uscita da un manga giapponese: capelli color melanzana con riflessi blu elettrico (non sapevo nemmeno che esistessero in commercio intrugli chimici in grado di produrre simili tonalità), occhiali enormi con montatura trasparente a forma di ali di farfalla, cerchioni da rally catarifrangenti all'orecchio e, tocco di classe, rossetto e smalto glitterati coordinati. Se non la vedessi così da vicino, la scambierei per una di quelle *kitschissime* bambole robot che andavano di moda negli anni Ottanta.

«Per me un Mc Menu Orientale con Sfogliatine Primavera e Dragon Shake.»

Si tratta maluccio, il ragazzo, per essere un amante del fitness. Ma è chiaro che sta facendo il cascamorto con la tipa ordinando le prime cose che gli sono capitate sott'occhio sul cartellone promozionale.

Lancio a mia volta un'occhiata al cartellone dei prezzi, occupato per tre quarti dalla promozione del Mc Menu Orientale che ha chiesto Matteo, e mi spiego la cassiera manga: è senz'altro la divisa studiata per l'occasione dall'ufficio marketing. Forse dovremmo fare una cosa simile anche noi per il lancio di Ka-Ty: vestire le nostre promoter in modo da richiamare, direttamente o indirettamente, il prodotto.

«Mi scusi, desidera qualcosa anche lei?»

«Sì, solo un attimo che decido.»

E ti pareva: a me è toccata la cassiera cessa. Sempre uscita da un manga, ma cessa. Bassa, capelli stopposi, vagamente baffuta e priva di qualsiasi grazia. Mentre Teo sta ancora fingendo di non sapere cos'altro ordinare per continuare ad arpionare la sua tipa, la mia ha lo sguardo tipico di chi ha sentito odore di Mc Chicken da spennare. Eppure la sua voce è stranamente flautata, come se volesse davvero farmi mangiare per il bene del mio stomaco anziché della sua azienda.

Il problema è che ho il portafoglio in riserva e manca ancora troppo alla fine del mese. Un toast e un'aranciata andranno benone, tanto so già che Matteo lascerà metà della roba e chiederà a me di finirgliela.

«Un toast e una Fanta, per favore.»

La cassiera batte l'ordine sul display come se avesse il dito di piombo.

«Un toast e una Fanta... Nient'altro?»

«Scusami se spendo solo 2 euro e 60» penso «ma con quella faccia potresti offrirmi anche caviale e champagne, e rifiuterei». Mi sforzo di apparirle cordiale: in fondo sta semplicemente recitando un copione, non può sapere che basterebbe un Doppio Cheese a mandarmi fuori budget.

«Nient'altro, grazie.»

Faccio segno a Matteo che se non vuole mangiare direttamente alla cassa possiamo anche metterci a sedere.

Tra l'altro, non mi spiego come mai mia madre non si sia ancora fatta sentire. Eppure lo sapeva a che ora sarei atterrato a Milano: le ho mandato un messaggio dall'aeroporto di Barcellona proprio prima di imbarcarmi: *«Credito esaurito,sto partendo. Spengo telefono.Chiama tu verso le 10.Un bacio»*.

Controllo il cellulare.

Che coglione! Non l'ho più riacceso dopo essere sceso dall'aereo. Tempo dieci secondi, infatti, ed ecco un messaggio. Un altro. Un altro.

«Mamma – Ho chiamato alle 21:57 del…»

«Papà – Ho chiamato alle 22:00 del…»

Mi immagino la scena a casa: «Ossignùr Saverio, Claudio non risponde... Cosa gli sarà successo? Lo dicevo io che non doveva prendere l'aereo, di questi tempi, che cadono in continuazione!».

«Luisa, stai calma! Non cominciare ad agitarti,

che fai venire l'ansia anche a me! Adesso provo a chiamarlo io...»

Mio padre è il classico uomo di casa di una volta, di quelli tutti d'un pezzo che credono di poter cambiare il corso degli eventi in qualsiasi condizione. Anche quando un cellulare è spento.

Ultimo sms: «*Sei già a Milano? Torno verso le 10 e mezza, aspettami! Ross*».

Mi volto verso l'enorme orologio rosso del Mc Donald's: cazzo, sono adesso le dieci e mezza! Meglio dirle di raggiungerci qui.

«*Io e Teo siamo al Mac di Certosa. Ci raggiungi o mi aspetti nella vasca?*»

Mi piace provocare Rossella, anche perché sa talmente bene che con lei non ci proverei mai da stare al gioco senza menarsela o fare la gattamorta. Mentre aspetto la risposta, con tre morsi finisco il toast e richiamo mia madre. Per fortuna mi è rimasto ancora qualche centesimo. Intanto Matteo continua a voltarsi verso la cassiera e, come prevedevo, non ha toccato né le patatine, né le sfogliatine primavera, né quella specie di gelato.

«Pronto, Claudio, figlio mio! Dove sei? Che ti è successo?»

La voce di mia madre sembra quella dei telespettatori che vincono cinquantamila euro ai quiz televisivi ma ne volevano centomila: su di giri, ma in negativo.

«Niente mamma, è tutto a posto, non preoccuparti: mi ero solo dimenticato di riaccendere il telefono quando sono sceso dall'aereo. Nessun problema, davvero. Anzi, sono già arrivato a casa. Papà?»

«È qui, mi sta facendo segno di salutarti. Gesù, ci hai fatto prendere un colpo!»

«Te mi hai fatto prendere un colpo! Altro che lui.»

Sento la reazione di mio padre in lontananza e mi viene da ridere: le cose devono essere andate esattamente come me le sono immaginate.

«Dài, mamma: l'avresti saputo dal telegiornale se mi fosse capitato qualcosa, no? Ora fatti una camomilla e vai a dormire. Ti racconto tutto domattina, che mi si sta anche scaricando la scheda.»

«D'accordo tesoro mio, adesso riposati che sarai stanco. Mi raccomando, non fare le tre di notte come al solito...»

«No che non faccio le tre di notte, mamma. Non c'è bisogno che me lo dica, sto crollando dal sonno. Ci sentiamo domattina, ciao.»

Per fortuna non è caduta la linea. Ovviamente, di ricaricare il telefono prima di prendere lo stipendio non se ne parla proprio: ho qualche euro residuo su Skype, me lo farò bastare per una settimana.

Ross non ha risposto al mio sms. È probabile che sia in metrò, quindi a occhio e croce non dovrebbe arrivare prima delle undici: ho tutto il tempo per finire con calma il vassoio di Matteo. A meno che non sia casualmente rimasta a secco di credito anche lei.

«Hola, chico! Como estas?»

Riconosco subito la voce alle mie spalle. È quella di Rossella. Mi volto e l'abbraccio come se non ci vedessimo da settimane.

«Tu non eri quello che "Il Mc Donald's manco morto perché si mangia da schifo e si paga un fottio"? Cos'è, due giorni di paella ti hanno fatto andare in astinenza di porcate?»

Meno male, due ore di baby sitting non l'hanno cambiata. È rimasta il caterpillar che adoro, con un sorriso che vale tutte le pubblicità dei dentifrici messe assieme. Potrebbe dirmi quello che vuole, quando ride, e lo prenderei comunque per un complimento. Non capisco davvero come faccia a non trovarsi un fidanzato: è bella, brillante, ha personalità, è sincera, è coerente con le sue idee e si batte per difenderle. Molti dicono che è troppo «vanga», troppo camionista, per essere una ragazza, e che non è facile stare al suo ritmo senza andare fuori giri. Alcuni sono convinti che sia lesbica e non voglia confessarlo. Ma va'. Il fatto che sia ancora da sola è uno spreco e basta.

Mentre cerco di dare una logica alle mie congetture, Teo si limita a salutare Rossella con un cenno della testa: «Mangi con noi?».

«No grazie, ho cenato dai tipi da cui sono stata stasera a badare al bambino. Ah, ma tu non sai niente...» precisa rivolta a me. «Ok dài: mi prendo un milk shake così ti racconto tutto.»

Usciamo dal Mac giusto cinque secondi prima che ci chiudano dentro. Matteo è rimasto con noi solo per aspettare che la cassiera finisse il turno, tant'è che ci fa segno di andare a casa che ci raggiungerà più tardi. Io e Rossella, invece, ci siamo messi a parlare come se fossero state le tre del pomeriggio e abbiamo perso di vista l'orario. Totale: è mezzanotte passata e sto crollando dal sonno.

«Quindi lunedì hai intenzione di chiedere brutalmente la promozione?»

«Tu che ne pensi?»

«Penso che dovresti prima tastare il terreno. Non me ne intendo molto, ma mia sorella studia Psicologia e mi ha detto che a loro fanno il lavaggio del cervello su come ci si comporta sul posto di lavoro. Il rischio è che se chiedi la promozione e il capo non te la vuole dare, da quel momento vieni bollato come un arraffone e la carriera la fanno fare ai lecchini di turno.»

«E se non la chiedo?»

«Beh, sei bravo, immagino che te la diano spontaneamente, no? Intanto ti tieni buoni i rapporti. Sai benissimo come la penso: fosse per me, la metà della gente che fa carriera non meriterebbe nemmeno di lavorare come interinale in un call center!»

Non ha tutti i torti.

È che dopo il viaggio a Barcellona mi sento in orgasmo di adrenalina come non sono mai stato, anche se sono troppo stanco per darlo a vedere. Solo ventiquattr'ore fa ero uno sfigatissimo junior account in co.co.pro. di una ditta di gadget per cellulari, adesso so di valere molto di più. Ho dimostrato a tutti di che pasta sono fatto, e il mio progetto (mio e di Gloria) è stato salutato con un applauso di trenta secondi da parte di tutti i boss della MRW che stanno per lanciare Ka-Ty in mezzo mondo.

«Ok, allora: lunedì quando torno in ufficio aspetto di sentire cosa mi dice Mark, tanto stasera avrà sicuramente già parlato con Angelica e con qualche altro capoccia...»

Ci avviciniamo al portone di casa e in lontananza vediamo arrivare Alessio con la sua strana andatura per cui sembra sempre che, anziché camminare, pattini.

«Devo farmi ancora la doccia, ma ci credi che piuttosto mi farei dare delle martellate in testa?» dico a Rossella senza particolare trasporto, giusto per aspettare Alessio.

«Non mi starai mica diventando comunista, che non vuoi più nemmeno lavarti?»

Il tono di Ross è palesemente ironico, tant'è che rincara la dose facendomi l'occhiolino.

«Ma sentila, ha parlato la camicia nera... di sporco!»

«Completino nuovo comprato in un grande magazzino col quaranta per cento di sconto per il "primo giorno di scuola", caro: io non vado a Barcellona per fare shopping!»

Mentre continuiamo a punzecchiarci, Alessio ci raggiunge e possiamo salire in casa. Ho deciso: la doccia me la faccio domattina. Se non vado a letto entro trenta secondi rischio di entrare in coma. Alessio e Rossella si fermano a farsi una tisana sul divano e a guardarsi le televendite notturne, io do la buonanotte e mi eclisso. Il tempo di mettermi sotto le coperte, spegnere la luce e ripensare un'ultima volta a come potrebbe cambiare la mia vita grazie alla due giorni di Barcellona, che dal salotto sento arrivare strani urletti: è Ross che fa la scema scimmiottando le pornostar delle televendite erotiche.

«Ross, voglio dormire. O fai uno spettacolo sul serio, e allora mi alzo, oppure vedi di chiudere la boccuccia!» le urlo dalla stanza.

3

seratona dvd

«È finita anche la carta forno, qualcuno l'ha presa?»

Oggi sono in versione massaia. Come ogni primo sabato del mese, i Quattro dell'Ave Maria vanno a fare la spesa al discount. Ma mica due cosette in croce: la scorta generale delle provviste comuni. Ognuno ci dà dentro a modo suo: Alessio ci porta con la sua familiare, un residuato bellico che gli ha regalato il padre (costa più di manutenzione che altro), Teo fa fatica a tenere gli occhi aperti (è pur sempre sabato mattina, e lui è tornato alle quattro dalla discoteca), Ross è super galvanizzata (lo shopping di detersivi, stracci e prodotti confezionati la eccita più di ogni altra cosa). Io sono il ragioniere che gira con occhialini, calcolatrice, buoni sconto ed elenco delle offerte speciali. Il tutto non dura mai meno di due ore ed è un continuo carico-e-scarico di merce, come se dovessimo allenarci per andare a lavorare in una ditta di traslochi.

«Certo che ieri è stata proprio una seratona!» ricorda Ross.

«Sì, se non fosse che sono partiti 36 euro in meno di cinque ore, tra pizza, cinema e fame chimica» ribatto io, che poi quei soldi dovrò anche restituirglieli. Ma alla fine ha avuto ragione lei: non avevo mai visto il *Rocky Horror* e ne è valsa davvero la pena. È una specie di evento: al cinema *Mexico* non fai solo il pubblico, in sala ci sono alcuni spettatori travestiti come i protagonisti, e tutti interpretano certe scene a memoria. Quando Ross mi ha detto che dovevamo portarci il riso e non so cos'altro, pensavo che mi stesse prendendo per il culo. Invece no, a un certo punto sembrava di essere nel vivo di un matrimonio di massa, tanto era il riso che volava. E su duecento persone che eravamo, praticamente non ce n'era uno che non lo avesse già visto almeno quattro o cinque volte.

«Smettete di cazzeggiare, voi due. Andate a prendere il detersivo per la lavatrice! Due confezioni, e anche una di ammorbidente... Poi dovremmo aver finito.»

Alessio ci richiama all'ordine e tira la volata finale: abbiamo già riempito tre carrelli e cominciamo a essere cotti.

Totale della spesa: 376 euro e 48 centesimi. Che, diviso per quattro, fa poco meno di 95 euro a cranio: nemmeno tanto, se penso che 'sta roba ci basta per tutto il mese. Ovvio: carne, verdura, frutta e cose fresche ognuno se le compra poi da solo durante la settimana. Ma pasta, scatolette, surgelati, prodotti da bagno e detersivi per la casa ci sono tutti. E neanche di bassa qualità. Certo, fare la spesa al discount non è facilissimo, bisogna conoscere bene le marche – le *sotto*marche – e sapere cosa si può prendere e cosa è off limits, ma una volta che ci hai fatto l'abitudine risparmi davvero e ti tratti pure bene.

Il problema è che, a questo punto, per me il week-end è finito. Dal punto di vista economico, intendo: la sfiga ha voluto che mi si prosciugassero contemporaneamente shampoo, bagnodoccia, gel e schiuma da barba, e che l'ultimo rasoio che m'era rimasto, a furia di riciclarlo, fosse diventato una trebbiatrice. Risultato: siccome è tutta roba che ciascuno paga per sé, ho lasciato al reparto «Beauty & Igiene Personale» i soldi di un sabato sera da Vip. O quasi.

A casa sembra una festa. Sacchetti dappertutto, noi quattro incastrati in cucina uno sull'altro tra frigo, armadi e armadietti, radio a palla sulla top ten della settimana, Matteo che appena sente Madonna non perde occasione per fare i suoi tipici balletti da cubista scoppiato su tavolo e sedie, Alessio che azzarda un paio di movimenti a ritmo sui Depeche Mode senza prenderci nemmeno per sbaglio.

Funziona così: il sabato della spesa, a turno, uno cucina mentre gli altri aspettano in panciolle sul divano guardando la tv. Oggi tocca a me cucinare: ravioli alle erbe con burro e salvia (volevamo quelli alla carne, ma questi erano in offerta al cinquanta per cento. In fondo un giorno senza carne fa pure bene, no? Sempre che si possa definire «carne» quella dentro i ravioli confezionati...).

«Belli di papà, è pronto! In fila per uno col piatto in mano e il tovagliolo appeso al collo!» suggerisco ai miei coinquilini – che non fanno nemmeno la mossa di smuovere i loro culoni dal divano blu – prima di servirli.

Tra la fine del tg e l'inizio di *Amici* e *Top of the Pops*, la discussione va sulla serata.

«Io stasera esco con una tipa nuova, forse c'è anche una sua amica... Chi di voi due fa il quarto?» domanda Matteo rivolgendosi a me e ad Alessio. Ale non risponde nemmeno, io ringrazio e passo, anche perché l'ultima volta mi hanno trascinato a bere in uno di quei locali fighetti e ci ho smenato 12 euro per un cocktail senza avere in cambio neanche un bacio.

«Mi sa che rimarrò in casa: magari noleggio un dvd o mi guardo un film in streaming su internet. Dovrei avere ancora degli spiccioli sulla Postepay, così almeno serviranno a qualcosa!» mi giustifico con un po' di imbarazzo per non deludere lo slancio di Matteo.

«Comunque resto a casa anch'io, stasera. Sono andato a cena fuori anche ieri e non vorrei esagerare...» mi fa eco Alessio. «Se ti va facciamo qualcosa insieme.»

Oddio, questo mi fa immediatamente precipitare il range delle opzioni alla voce «Passatempi» a un valore molto prossimo a uno: il dvd a noleggio. E pure del genere che piace a lui: perché gli horror gli mettono l'ansia, le commedie sono banali, i film d'autore non cominciano mai e quelli drammatici finiscono sempre male.

L'idea di stare in compagnia però mi attizza. Anzi, quasi quasi rovescio la frittata e organizzo un festino per trentenni disperati.

«Ross, tu hai già impegni per stasera?»

«Affermativo. Indovina un po'...»

«Baby sitter anche stasera?» azzardo di getto.

«Bingo! Sai com'è: mammina ha il Club delle Prime Mogli con le sue amiche, papino ha non so bene cos'altro con i suoi amici e la bimba con chi rimane? Ma con la zia Ross, naturalmente.»

Peccato, mi sarebbe piaciuto che ci fosse anche lei.

«Ale, che dici, invitiamo qualcun altro?» chiedo d'istinto ad Alessio giusto per movimentare un po' il programma.

«Per me va bene. Se vuoi chiamo qualche mio amico, oppure il mio collega di lavoro.»

Fino a «se vuoi chiamo» ci stavo dentro. «Qualche mio amico», invece, mi richiede almeno una pausa di riflessione. Così, per prendere tempo senza dare troppo nell'occhio, tiro fuori dal sacchetto i miei tesori da beautycase e vado a riporli in bagno. Li conosco, io, i suoi «qualche mio amico»: tutti ciellini snob, un po' arrivati e un po' no, con zero senso dell'umorismo e un «don Giussani» ogni cinque parole. Moralismo a manetta e buonismo da Baci Perugina.

Vada per il collega: non l'ho mai visto, ma da come ogni tanto ne parla deve essere un ragazzo come lui, tranquillo e senza troppe menate. Io potrei invitare Gianni e Roberto, i miei ex compagni dell'università: in collegio ci siamo fatti una tale scarica di sabati sera di questo tipo che loro, lo so, accetteranno di sicuro.

Non che ci dispiacesse buttarci nella mischia dei sabato notte milanesi, ma siccome i mezzi pubblici circolano solo fino a una certa ora (e alcuni dopo la mezzanotte non circolano proprio) era più lo sbattimento di sincronizzare gli spostamenti – capitava di entrare in discoteca all'una per uscire un'ora dopo – che il gusto di concedersi un po' di sano sballo metropolitano.

«Scusa, ma si può sapere che stai facendo immobile da dieci minuti con la schiuma da barba in una mano e i rasoi nell'altra? Hai un futuro come scaffale... Perché non vai a vedere alla Coop se hanno bisogno di un nuovo espositore?» mi dice improvvisamente Ross, interrompendo i miei pensieri.

«Tu scherzi, ma finirà che ci andrò davvero! È che ormai saranno in co.co.pro. anche gli scaffali!»

Ci mettiamo a ridere e mi dà una pacca sulla spalla.

Sarebbe tutto più semplice se fossi innamorato di lei anziché di Eleonora. È che siccome sono innamorato di Ely, Rossella non riesco proprio a vederla in altro modo che come un'amica. Cioè: come una sorella, che con le amiche ogni tanto ci si prova, ma con le sorelle proprio non viene.

Torno in cucina e Alessio mi guarda con aria interrogativa vagamente sottomessa. Gli leggo negli occhi un «Allora, me lo dài il permesso di chiamare i miei amici?».

«Ale, ci verrebbero i tuoi amici a un festino privato per soli uomini?» lo spiazzo a bruciapelo con un tono al peperoncino per vedere se abbocca o meno all'esca.

«Oddio... Quelli di CL non penso proprio. Un festino privato di soli uomini... No, mi sa che la cosa li turberebbe un po': sembrerebbe una roba da gay. Forse Franco, il mio collega... Lui sì, penso. Non mi sembra il tipo che si fa dei problemi.»

Ha abboccato: uno a zero per me, palla al centro. Così ho eliminato quelle piattole snob dalla mia serata, dal mio divano, dal mio dvd. Eccheccazzo!

«Allora ok, invitalo pure. Io mando un messaggio a Gianni e Roberto, i miei ex compagni del collegio: te li ricordi, no?»

A pensarci bene avrei potuto evitare il festino da segaioli trentenni e invitare Eleonora. No, niente Eleonora, ho deciso. Mica dovrò chiamarla sempre io! È un po' che non si fa sentire: vuole farsi desiderare, come tutte le milanesi del suo stampo. In Emilia le ragazze, se ti vogliono, ti vengono a prendere dentro casa con il rastrello. Lei pretende che sia tu ad andare da lei in Limousine. Mi fiondo al pc a mandare un paio di sms a Gianni e Roberto. Fino a un po' di tempo fa ne potevo inviare gratis cento al giorno, poi i bastardi li hanno ridotti a dieci. Già che ci sono, mi scarico anche la posta.

Tempo qualche secondo e mi arriva la risposta di Gianni: *«Ok_Che si guarda?_Io ho Lemony Snicket_Shaolin Soccer_Donnie Darko_Li porto?_A che ora?_Fumo ce n'è?»*.

Con Gianni in queste occasioni si va a colpo sicuro. Odia la discoteca, i pub, gli happy hour e per portarlo da qualche parte devi usare il carro attrezzi, ma per le serate tranquille in casa è sempre la persona giusta al posto giusto.

Risposta: *«Alle nove.Fumo c'è,porta film e da mangiare.Ti aspetto»*.

Il fatto che porti lui i dvd è un bel sollievo: sono pur sempre altri 5 euro risparmiati. Che poi la gente forse non ci fa caso, ma 5 euro per noleggiare un film sono un furto. Anche perché dove sta il risparmio? Costa esattamente quanto una prima visione al cinema il mercoledì. Per la serie: poi si lamentano se la gente scarica da internet. Loro fanno politiche da sanguisuga e pretendono pure di riversare la colpa su chi, semplicemente, decide di non farsi prendere per il culo. Roberto tarda a rispondermi, comunque non c'è fretta. In compenso da Outlook spunta un messaggio di Eleonora.

«Farsi sentire no, eh? Io sto partendo, starò via fino a martedì prossimo: vado qualche giorno a Sirmio-

ne alle terme con mia madre e una sua amica. Non cercarmi perché è un ambiente discreto e di assoluto relax e mi sa che tengo il cellulare spento. Casomai ti chiamo io appena posso.

Ah, mio fratello ha finito quella demo che ti dicevo, te la mando in allegato. Visto che te ne intendi più di me, puoi sentirla e dirmi che ne pensi? Per inciso: a me fa schifo.

Ely.»

Vabbe', meglio di niente. Non che si sia sforzata granché, ce l'ha ancora con me per quel bidone. Come se lo avessi fatto apposta ad andare a Barcellona, solo per cancellare il nostro appuntamento. Che palle.

Però mi ha pensato e ha perfino perso tempo per scrivermi una mail prima di partire: allora mi ama! Almeno un po'... Tanto, se anche non è vero, cosa cambia? Meglio illudersi per il meglio che rassegnarsi al peggio.

Ascoltiamoci 'sto mp3.

Oddio. È sufficiente l'attacco per costringermi a mettere in pausa. Becero stile radio m2o: tastieroni aspirapolvere, basso intestinale e cassa... da morto. Vado avanti o basta così? Vado avanti, lo faccio per Ely. A due minuti comincia a stringersi lo stomaco: un campionamento di *Barbie Girl*, per giunta suonato fuori sincro.

Basta, ho la nausea. Ho il presentimento che 'sta roba non potrebbe piacere a nessuno con gusti più raffinati di un tredicenne.

«Cos'è che stavi ascoltando? Era da sturbo quella musica!»

Appunto.

Matteo si materializza alla porta della mia camera quasi avesse sentito un richiamo da lontano.

«Una merda del fratello di Eleonora.»

«Perché una merda? Guarda che in palestra la metterebbero sicuro!»

«Non ho dubbi. Se vuoi te la regalo volentieri.»

«Fico! Grazie, vado a prenderti l'iPod.»

Copio l'mp3 sull'iPod di Matteo e glielo passo. Poi lo cancello definitivamente. In quel momento, Ross grida che è pronto il caffè. Che non sortisce alcun effetto, visto che poi il pomeriggio lo passo addormentato a piombo sul divano.

Apro gli occhi solo quando Teo mi dà una botta in testa per chiedermi consigli: vuole sapere se la canotta nuova che ha addosso gli scolpisce il fisico. Un cenno di risposta per farlo contento, l'occhio all'orologio, la camminata verso il bagno: riassetto faccia e casa, tra un'oretta i ragazzi saranno qui per vedere il film.

Tiro il telo che copre il divano, metto via i piatti sporchi, do una parvenza di ordine alla camera da letto (che significa: tiro su il piumone), mi infilo sotto la doccia e ne esco più rinco di prima.

«Ma secondo voi perché sono sempre i più sfigati a diventare icone generazionali?»

È Franco, l'amico di Alessio, che butta lì la domanda mentre cominciano a scorrere i titoli di coda di *Donnie Darko*. Del resto, ha studiato filosofia (ovviamente per finire a fare l'impiegato alle Poste a 970 euro al mese), e la domanda non è per niente stupida, anzi.

«Mah, cosa vuoi... Sono quelli con cui ci si identifica più facilmente, immagino. No?» risponde Gianni con un'aria compiaciuta da oracolo fumato.

«Sì, ma perché la gente dovrebbe identificarsi con uno sfigato anziché sognare di essere un eroe?» incalza Franco.

«Guarda che in ogni sfigato c'è sempre un eroe. Cioè, almeno al cinema» rilancia con qualche esitazione Roberto per non sottolineare che è un superesperto dell'argomento. «E poi» aggiunge, «è molto più gratificante sognare di essere sfigati che si trasformano in eroi, piuttosto che eroi che si scoprono sfigati.»

Le cose cominciano ad andare per il sottile. Me gusta, la storia, ma forse con una birretta in mano sembreremmo meno intellettuali da salottino borghese. Mi alzo per andare verso il frigorifero. Incrocio lo sguardo di Alessio: punterei un miliardo sul fatto che il film gli ha fatto schifo. Strano, perché per un esistenzialista come lui *Donnie Darko* dovrebbe essere manna del cielo. Gli faccio l'occhiolino come a volerlo ringraziare del sacrificio. Non che mi interessi particolarmente se c'è rimasto male o meno per la scelta del film (qualunque cosa diversa da *Madagascar* o *Alla Ricerca di Nemo* gli avrebbe fatto schifo), ma siccome s'è offerto lui di tenermi compagnia, mi sento in dovere di fargli capire che ho apprezzato il gesto.

Sento sulle scale rumore di passi e intuisco che è Ross che sta rientrando.

«Bentornata!» la accolgo appena varca la soglia di casa. «Ti aggiungi a noi per una birra?»

«Guarda, vaffanculo tu e vaffanculo la birra!» mi vomita addosso senza neanche guardarmi in faccia, avanzando con passo pesantissimo lungo il corridoio.

«Lei è Rossella, la nostra coinquilina» sussurra Alessio a Franco cercando di non dare troppo peso all'accaduto.

«Ma che ti è successo?» le chiedo senza scompormi per la sua reazione.

«Che mi è successo? Che mi è successo?!? Mi è successo che una stronza si è buttata sotto la metrò in San Babila, ecco che mi è successo! Tutta la linea bloccata per tre quarti d'ora e non sapevano se e quando sarebbe ripartita, visto che ormai era fine turno. Sono dovuta tornare in taxi, merda! 16 euro per farmi da San Babila a qua, ti rendi conto? Mi sono fottuta metà di quello che ho guadagnato per un taxi.»

La scena madre è quasi più intrigante del film.

Ross si rende conto che i nostri occhi sono tutti puntati su di lei: fa un sospiro, si gira per andarsene e poi ritorna sui suoi passi.

«Ma sì, dammi 'sta birra che almeno bevo...»

«È quasi mezzanotte, Ross, c'è la tariffa maggiorata...» le spiego in tono il più possibile rassicurante, «immagino che abbia fatto un giro della Madonna prima di portarti qua, il taxi, no?»

A guardare la cartina, Milano sembra un formicaio di mezzi pubblici: è tutto un brulicare di tram, autobus, metropolitane e treni (urbani ed extraurbani) che sembra che uno possa andare da una parte all'altra della città semplicemente schioccando le dita a qualunque ora del giorno e della notte. Di fatto non è così, lo so bene io visto che sono anni che ci vivo e che ci giro coi mezzi pubblici, specie nella brutta stagione. Da quando mi hanno fregato la bici per la terza volta ho deciso che forse è il caso di smettere di usarla, visto che tanto l'abbonamento mensile (30 euro) mi conviene comunque. Durante gli orari di punta i mezzi circolano all'impazzata ma sono strapieni di gente, fuori dagli orari di punta ne passa uno ogni dieci minuti ad andar bene. E poi hanno percorsi assurdi, caotici e casuali. In linea d'aria casa nostra disterà da San Babila, pieno centro, sì e no un quarto d'ora. Con i mezzi non ti passa più.

È in questi momenti che ti rendi conto che a Milano impieghi molto meno tempo a piedi. Anche perché non è come Roma o come Londra: Milano è veramente piccolissima.

«Scusa Ross, sapevi che eravamo a casa: perché non hai chiamato? Venivo a prenderti in macchina» prova a consolarla anche Alessio.

«Guarda, Ale, lasciamo perdere che è meglio! Mi è talmente montato il nervoso che non ci ho capito più un cazzo! Ma 'sta gente per ammazzarsi deve per forza coinvolgere tutta la città?»

Franco, Gianni e Roberto rimangono ammutoliti in contemplazione e non si capisce se stiano aspettando il momento giusto per rincarare la dose o per squagliarsela dall'imbarazzo. Alessio, per scrupolo di educazione e anche per far tornare la calma, fa le presentazioni.

«Ci conosciamo, ci conosciamo...» dice sorridendo Franco, «non è vero, professoressa?»

4

evolversi o proseguire

L'espressione di Mark è sempre la stessa, giorno dopo giorno, settimana dopo settimana. Sorride, ti guarda fisso negli occhi, non ti dà confidenza, ma te la chiede. Per lui ogni momento è buono sia per darti una pacca sulla spalla che un calcio nel culo. Che poi forse non c'è nemmeno molta differenza. Per lui ogni giorno è uguale al precedente, se non fosse che si cambia il vestito e che spesso è quello a comunicarti ciò che non trapela dal suo sguardo. Oggi, per esempio, indossa un completo sportivo blu scuro di Armani con scarpe sportive di Prada e una maglia a collo alto abbastanza attillata. Molto informale: è evidente non ci sono riunioni in programma.

Lo osservo da lontano. In ufficio c'è praticamente solo lui. Sono le otto e trentacinque e prima delle nove difficilmente Stefania e gli altri si faranno vedere. Conosco bene le abitudini di Mark e questo è senza dubbio il momento migliore per chiedergli l'aumento. Io e lui, soli.

«Sono molto soddisfatto del tuo lavoro, Claudio: meriti senz'altro un aumento. Dal mese prossimo ti mettiamo sotto contratto di assunzione a 1500 euro netti al mese. Complimenti!» sono le parole che continuano a rimbombarmi in testa. È da quando sono tornato da Barcellona che aspetto questo colloquio, ma lui la settimana scorsa era in ferie (naturalmente alle Maldive). Ho passato la notte a sognarlo, a pensare cosa dirgli, a immaginare come mi avrebbe risposto. E mi sono convinto: l'aumento me lo darà. Di più: mi farà anche un contratto a tempo indeterminato.

Con questa idea in testa appoggio lo zaino, mi tolgo sciarpa e cappotto e busso alla porta (aperta) del suo ufficio.

«Buongiorno Claudio, avevo proprio bisogno di parlare con te. Ah, portami un caffè, per favore. Lungo e zuccherato.»

Gli uomini di potere si riconoscono soprattutto da questo: si fanno servire anche per le cose più idiote. «Hai la macchinetta a quindici centimetri, non te lo puoi prendere da solo il caffè, scusa?» mi verrebbe da rispondergli. Poi mi faccio il film che per lui, invece, sia quasi una maggiore forma di intimità e interpreto il suo ordine come un «Claudio, stiamo diventando così amici che adesso posso anche chiederti di portarmi il caffè, sei contento? Non mi permetterei mai di farlo con Gloria...». Un film, appunto.

Rientro con il caffè, la sua voce ovattata è perfettamente naturale, senza alterazioni. Buon segno.

«Grazie. Ho sentito Angelica Corda, mi ha parlato di com'è andata a Barcellona...»

«Lo immaginavo» bofonchio con aria da teenager in evidente imbarazzo.

«E?»

«E... suppongo ti abbia detto che è andato tutto alla grande» farfuglio tanto per dire qualcosa e senza valutare che sto parlando col mio capo e non con Rossella.

«Una cosa del genere.»

Le parole di Mark sono sempre asciutte, ma non suonano mai né secche né offensive.

«Non ti ha detto che è andato tutto alla grande?» replico con una certa meraviglia e una strana, crescente tensione.

«Ovviamente ha usato parole più professionali. Ma sì, il succo era quello.»

Tiro un sospiro di sollievo e mi asciugo le mani (sudatissime) sui pantaloni. In questo preciso momento vorrei avere uno specchio per guardarmi: sono sicuro che mi stanno brillando gli occhi. Me lo sento, quando uscirò da questo ufficio avrò un nuovo contratto e l'aumento che sogno.

«I miei complimenti, Claudio» riprende Mark. «Appena arriverà Gloria li girerò anche a lei. Sono contento che la mia fiducia in voi sia stata ben riposta.»

Sto fibrillando. Nel codice dei protocolli professionali, questo modo di esprimersi sottintende sempre una gratificazione imminente che però si vuol far pesare un po'. Una specie di detto e non detto, un tirare il sasso e nascondere la mano, un ribadire la propria posizione di superiorità verso il dipendente, mostrando al tempo stesso una certa indulgenza.

«Per cominciare, non voglio che ti monti la testa. Noi siamo noi e loro sono loro. Il fatto che gli spagnoli molto probabilmente ci copieranno la campagna promozionale non significa che voi abbiate avuto l'idea del secolo. Quindi adesso vorrei che tu tornassi a concentrarti sul tuo lavoro come se a Barcellona non ci fossi mai stato.»

Dietrofront imprevisto.

Che vuol dire «come se a Barcellona non ci fossi mai stato»?

«Farò in modo di mettere te e Gloria nelle condizioni migliori per rifinire il progetto nei minimi dettagli, non c'è tempo da perdere...» prosegue. «Come sai, il quattordici c'è il lancio ufficiale di Ka-Ty a mezzo stampa e network, quindi la vostra *deadline* si sta avvicinando. E sia ben chiaro: se per stare nei tempi dovrete rimanere qui oltre l'orario di ufficio, gli straordinari non vi verranno pagati. Tuttavia...»

La sua pausa, perfettamente scandita e cadenzata come ogni singola parola del discorso, introduce evidentemente il colpo di scena.

«Tuttavia meritate un premio.»

Qui la mia fantasia si blocca tutta d'un tratto, incastrata come la cloche di una slot machine che si rompe sul più bello, quando la combinazione «BAR – BAR – BAR» sembra ormai cosa fatta.

Rimango concentrato sulla parola di Mark: «meritate». Cioè? Sia io che Gloria, evidentemente. O magari anche quell'odiosa di Stefania, che è la nostra responsabile diretta ma che di marketing non capisce un beato cazzo?

Non faccio in tempo a batter ciglio che la voce di Mark si fa più alta.

«Due giorni di vacanza sia per te che per Gloria, quando volete. Però mi raccomando: avvisate l'ufficio personale con almeno una settimana di anticipo. E... un'ultima cosa.»

Un sottile brivido mi percorre la schiena.

«Ricordami che poi dovremo fare al più presto anche il punto sulla tua situazione contrattuale, per capire in che modo potrà evolversi o proseguire la nostra collaborazione. E adesso se vuoi scusarmi, Claudio, ho un appuntamento.»

Gelo. Buio. Freddo. Brivido.

Mi alzo dalla sedia ammutolito, congedandomi da Mark con uno di quei classici sorrisi di circostanza che occupano coattivamente lo spazio tra naso e mento. Il percorso fino alla mia scrivania, che disterà sì e no venti passi, mi sembra più lungo della maratona di New York, e le facce che mi si stagliano davanti mi ricordano quelle di strani alieni venuti da chissà quale pianeta sconosciuto. Nella testa ci sono solo due parole: *evolversi o proseguire*, scandite col ritmo di un metronomo. Evolversi o proseguire. Evolversi o proseguire.

Mi abbandono sulla sedia a peso morto, appoggio la schiena e rimango lì fermo con lo sguardo stralunato. Non ho idea di quanto potrei rimanere in questa specie di coma vigile.

Sono un uomo distrutto. Non solo non ho ricevuto l'aumento, ma adesso mi sembra in dubbio perfino il mio futuro alla MRW. Alla fine del progetto il mio contratto scade, quindi in teoria potrei anche rimanere a spasso.

Per carità, Mark non ha colpe. So benissimo che non è lui a prendere certe decisioni, anzi: è già fin troppo gentile a regalarci due giorni di ferie. Ma sta di fatto che il castello che mi ero costruito per aria con tanto di aumento, bonus e riconoscimenti – insomma, tutte quelle americanate che vedi al cinema il mercoledì sera – mi si è schiantato in testa e adesso non c'è verso di ripigliarmi.

«Hai visto che alla fine ce l'abbiamo fatta?»

È Gloria, appena rientrata al lavoro dopo la malattia della figlia, che mi batte sulla spalla: mi stringe con uno strano calore materno e mi accarezza la testa.

«Ho letto la tua mail, l'altra sera. Ero talmente eccitata che non sapevo neppure cosa risponderti, il successo del nostro piano promozionale a Barcellona proprio non me l'aspettavo! Volevo risponderti, ma Chiara aveva qualche linea di febbre e ho dovuto metterla a letto presto, così alla fine mi sono addormentata vicino a lei senza volerlo. Ma dove sei stato, da Mark?»

«Sì, mi ha detto che adesso chiamerà anche te. Da quel che ho capito è ancora presto per cantar vittoria, però i complimenti ci sono.»

Tra poco Gloria andrà da Mark, poi ricominceremo a lavorare con l'acqua alla gola e il fiato sul collo come da sei mesi a questa parte. «Come se a Barcellona non ci fossi mai stato.»

Accendo il computer e, mentre si avvia, mi prendo un tè.

Arriva anche Daniele.

«Ciao Claudio! Tutto a posto?»

Il solito rituale da inizio giornata.

«Come se a Barcellona non ci fossi mai stato...»: le parole di Mark continuano a riempirmi il cervello.

«Ciao Dani. Sì, tutto a posto. Tu?»

«Anch'io, sì. Tutto a posto. Ho una novità da raccontarti: magari più tardi in pausa pranzo o quando usciamo, se hai cinque minuti...»

Forse si aspetta che gli risponda, ma sto pensando a tutt'altro e rimango a fissarlo inebetito finché non finisce la frase.

«Niente d'importante comunque, non preoccuparti. Mark cosa ti ha detto di Barcellona?» mi domanda fra i denti, più per strapparmi un segnale di partecipazione al dialogo che perché gli interessi veramente saperlo.

«Niente di che. Il progetto è piaciuto, e lui sembra piuttosto soddisfatto. Forse gli spagnoli ci copiano il piano di marketing per Ka-Ty» elenco meccanicamente e senza particolare trasporto.

Nel sentire «Mark sembra essere rimasto soddisfatto», Daniele non riesce a reprimere un leggero moto di sopracciglia. Ho il sospetto che in cuor suo un po' sperasse il contrario. Non che mi voglia male, anzi: sono pur sempre la persona con cui è più in confidenza, qui dentro, e sono stato anche la sola che ha invitato alla sua festa. È semplicemente che al mio posto vorrebbe esserci lui. Come vorrebbe essere al posto di chiunque è in odore di promozione e di aumento. Forse mi sbaglio, ma dietro alla sua facciata così formalmente socievole ho paura che possa far emergere, col tempo, un atteggiamento da opportunista. Non so: magari fra sei mesi mi sarà passato davanti (oggi siamo esattamente allo stesso livello) e sarà lui a darmi gli ordini, magari se ne sarà andato, magari me ne sarò andato io. O magari mi avranno lasciato a casa loro.

Bah, quante seghe.

Il grande orologio appeso al centro dell'open space segna le diciotto. Gloria è uscita da pochi minuti, Stefania non s'è proprio vista e Daniele si sta mettendo convulsamente cappotto e guanti.

«Scappo, che ho un appuntamento per vendere la casa! Domani poi ti racconto quella cosa... Buona serata.»

Non ho nemmeno il tempo di contraccambiare il saluto che mi affaccio alla finestra e lo vedo correre verso il metrò. Mi metto la giacca anch'io ed esco.

Alle sei corso Vittorio Emanuele è strapieno di gente, in qualunque giorno della settimana. Tranne quando diluvia, chiaramente. È un vero concentrato di metropoli: ci trovi di tutto, assemblato a caso e senza alcun criterio. Un continuo rimescolarsi di volti, voci, suoni e immagini che al massimo durano un attimo, non di più. Non come lo struscio in provincia, dove ogni singolo dettaglio col tempo si sedimenta, diventando familiare, e dove negli stessi posti finisci per vedere sempre le stesse persone.

Sì, ho proprio bisogno di farmi un giro per i fatti miei per mettere in ordine il casino che ho in testa e scaricare lo stress di queste otto ore di ufficio.

Ovviamente di fare shopping non se ne parla, anche se prima o poi mi piacerebbe almeno scoprire che cosa si prova a entrare in un negozio e comprare ciò che si vuole senza tante angosce. E poi nel negozio dopo, e poi in un altro ancora. Così, per tutto un pomeriggio. Girare con sei sacchetti in mano come fanno le giapponesi in via Montenapoleone o comprare una roba completamente inutile solo perché è bello il packaging. Una volta ho accompagnato Ely e dopo la seconda vetrina mi sono spalmato su una poltrona delle Messaggerie a leggere un libro in attesa che venisse a riprendermi dopo aver fatto i suoi acquisti. Ma mi rendo conto che c'è differenza tra farli e accompagnare qualcuno che li fa. Molta differenza.

Smetto di farneticare aforismi da prontuario per teenager e riprendo pieno possesso delle mie facoltà mentali giusto in tempo per realizzare che questo sarebbe il momento ideale per una sigaretta. Peccato solo che abbia dato l'ultima che avevo a Daniele non più tardi di mezz'ora fa. Punto dritto verso un tabaccaio accelerando il passo come se fossi in astinenza terminale, entro e ansimo un «Diana Blu, per favore... Un pacchetto di Diana Blu!» a mezza voce, tra un sospiro per la voglia e uno per la sgambata. Sono 3 euro. Ma oggi me li godo proprio, cazzo: sarà la sigaretta dell'anno. Non voglio pensare per l'ennesima volta che se smettessi di fumare risparmierei 12 euro a settimana e 48 al mese e potrei convertirli in qualsiasi cosa (qualsiasi) di più utile o di più divertente. Non voglio pensarci. Pago con una strana euforia negli occhi (scorgo il mio volto riflesso nello specchio dietro il cassiere), esco, apro la confezione, accendo e...

Whoooh.

Una boccata d'ossigeno.

In questo preciso istante mi sembra che tutto si sia fermato, un po' come avviene nelle pubblicità o nei video musicali, nelle sequenze che fino a un certo punto scorrono in fast forward e poi di colpo vengono spezzate da una moviola. Ecco: i primi tre secondi della moviola sono esattamente ciò che sto provando io.

Whoooh.

Un'altra boccata.

Io non saprò mai cosa si prova a fare shopping, ma chi non fuma non saprà mai cosa si prova in questi momenti.

Mentre guardo distrattamente la vetrina della tabaccheria pensando che questa sigaretta non me la sto aspirando, me la sto scopando, mi cade l'occhio su una scritta in pennarello nero: «VINTI QUÌ» (con l'accento) «16.000 EURO!!!». È una fotocopia formato A3 di un cedolino del Super Enalotto.

Cazzo, sedicimila euro: che culo sfondo!

Certo però che si potrebbe provare. Tanto, per un euro, male che vada ci perdo un caffè, non mi gioco mica le mutande.

Lo so che iniziano tutti dicendo così e poi si ritrovano a lasciarci mezzo stipendio (o tutto, o tutto il proprio e anche quello di qualcun altro). Ma il mio problema non è solo quello di risparmiare, è anche quello di trovare qualcosa che ogni tanto mi permetta una minima entrata extra per tamponare eventuali spese impreviste. Anche perché, diciamocelo, io con 1000 euro al mese ci campo, ma non metto mica da parte un centesimo, né per il presente né per il futuro.

Supponiamo che debba andare dal dentista, per esempio: che faccio? Mi indebito o mi chiudo in casa per un mese? Mica voglio i sedicimila euro anche io. Mi accontenterei di 500, 600... Toh, un migliaio, giusto per avere un po' di fondo in banca.

Ho deciso: gioco.

Due numeri ce li ho già in testa: 8 (sono le lettere che compongono il nome Eleonora) e 27 (la mia età). Poi potrei giocare... ah certo, il 64 (il numero civico di casa nostra). E gli altri tre numeri come li scelgo? Cavolo, forse era meglio non farsi venire 'sta cazzo di idea di giocare, che decidere i numeri è un vero sbattimento.

Trovato! Faccio giocare Ross, anche se quando lo verrà a sapere mi strillerà dietro che sono rincretinito di colpo e che vado a dare altri euro allo Stato e che gliene do già abbastanza e via di seguito per un'ora. Il trucco sta nel non farglielo capire.

Le mando un messaggio: *«Ciao Ross,ho fatto una scommessa con Daniele,roba di marketing e statistiche.Mi scrivi i primi tre numeri da uno a novanta che ti vengono in mente?Grazie.Ps:fra mezz'ora sono a casa»*.

Trenta secondi. Ecco la risposta: *«37 70 13»*.

Schiaccio la sigaretta sotto la scarpa guardandola per un'ultima volta come se volessi conservarne per sempre il ricordo nel mio cuore e rientro in tabaccheria.

E gioco l'8, il 27, il 64, il 37, il 70 e il 13.

5
vaffanculo Eleonora

«Spingi! Dài che ci sei… Ancora uno... Bravo! Hai visto che ce l'hai fatta? Te l'avevo detto!»

Teo non è sempre convincente quando parla (non con me, quantomeno, che ormai ho imparato che nove volte su dieci sta bluffando), ma se una cosa gli interessa davvero (e questa gli interessa eccome) ti intorta, ti condisce e riesce a farti fesso, portandoti sulla sua strada e costringendoti a fare quello che vuole.

E così è stato anche oggi: un'ora e mezza filata di attrezzi, come se non ci fosse altro cui pensare. Completamente dissociati da tutto quello che succedeva intorno. La palestra, il body building, il fitness, per Matteo sono quasi una religione. Io mi sono convertito alla Legge del Dio Bicipite (e degli Apostoli Addominali) relativamente da poco. Saranno sì e no due anni che vado regolarmente in palestra.

Mi guardavo allo specchio e vedevo il fisico afflosciarsi. Da piccolo giocavo a calcio nella squadra del paese: non che fossi 'sto granché, però mi divertivo. Poi, all'università, qualche partita di calcetto e nient'altro: è da lì che è iniziato tutto. Un giorno, dev'esser stato poco dopo la laurea, mi son trovato nudo davanti allo specchio e ho cominciato a guardarmi e a toccarmi come mai m'era passato per la testa di fare prima. Diagnosi: maniglie dell'amore, pancetta, capezzoli flaccidi, culo molliccio. In una parola: impresentabile.

Mi sono rivestito in tre secondi e avrei voluto chiudermi in casa per il resto della giornata (e non solo di quella). Uno shock. Mi sentivo come una di quelle rincoglionite che si fanno mille problemi di cellulite, fianchi, seno, glutei, doppie punte, cazzi e controcazzi. Ma ormai lo dicono tutti, no? «Oggi i ragazzi hanno le stesse paranoie delle ragazze.» Ogni tanto ci penso: mi sarebbe piaciuto provare a vivere, che so, sessant'anni fa, quando l'uomo era macho, virile, stalliere – e stallone – e «aveva da puzza'».

Però, vuoi mettere? Apprezzare il tuo corpo, vedere i muscoli giusti al punto giusto, la pelle liscia, la barba curata, i capelli in ordine... Non dico che ti cambi la vita, però ti fa sentire meglio. Intendiamoci: non è narcisismo, vanità o bisogno di nascondere le mie insicurezze sotto le classiche apparenze da copertina. Non nel mio caso, almeno. È solo che ho capito che avevano ragione i latini: «Mens sana in corpore sano». Mamma, sembro la mia prof del liceo!

«Guarda che hai fatto centoventi secondi di riposo!» mi sollecita Matteo. «Muoviti, che sei già fuori di trenta! Ancora una serie di panca e poi passiamo all'inclinata.»

Disciplina, prima di tutto: in palestra non si scherza. Con Teo men che meno. L'ho conosciuto proprio qui, quando mi sono iscritto due anni fa. Lui abitava ancora con la sua ex, poco distante da dove stiamo adesso, poi si sono mollati, lei se n'è tornata dai suoi e la padrona di casa non ha voluto sentir menate per cambiargli il contratto d'affitto. Così, una sera, parlando del più e del meno tra un esercizio e l'altro, per puro caso è venuto fuori che da noi c'era un posto libero e s'è trasferito.

Mi ricordo che trovare una palestra che facesse al caso mio, all'inizio, era stato tutt'altro che facile. Mi era bastato un rapido giro per le palestre del centro, quelle trendy frequentate solo da fighetti alla «Men's Health», per scoprire che:

1) non avrei mai potuto permettermi di spendere 100/120/150 euro al mese;

2) quei posti sono pollai e se vuoi allenarti seriamente anziché socializzare (leggi: passare tutto il tempo a spettegolare) ti guardano come un marziano e ti escludono dal «giro».

Anche nella mia zona, più o meno il baricentro del triangolo Sempione-Certosa-Autostrada dei Laghi, hanno aperto un paio di centri fitness del genere, ma per fortuna c'è anche questa «Body Sculp» che per me resta un gioiellino: sala pesi da cinquanta metri quadrati, moquette grigia per terra, pareti smaltate e attrezzi ancora nuovi di zecca nonostante non li abbiano ancora mai cambiati da quando ho iniziato a venirci. Ok, sono ammassati l'uno sull'altro, e per fare un esercizio devi spostare e incastrare ogni volta qualcosa come i mattoncini del Tetris, però qui si sta bene.

Il tutto a poco meno di 450 euro all'anno: un affarone, per chi ha pochi soldi e sa accontentarsi. Certo, lo spogliatoio è sempre più intasato della metrò in Duomo all'ora di punta; certo, le docce sono due di numero e se non fosse che qui l'acqua calda è gratis e abbondante, di sicuro andrei a farmela a casa. Ma a conti fatti è un bel risparmio, quando poi arrivano le bollette.

Oggi è la giornata dei pettorali e dei bicipiti, dopodomani sarà la volta di spalle e gambe: è Teo che mi dice cosa dobbiamo fare, quanto peso va messo, quanto si deve aumentare. Un personal trainer fatto «in casa» nel vero senso della parola. E devo dire che il fisico risponde bene. Sono proprio soddisfatto.

Finito l'allenamento, come al solito costringo Teo a docciarsi in palestra (è inutile spiegargli che anche solo 10 euro in meno di acqua e di gas al mese possono fare la differenza: da quell'orecchio non ci sente proprio) e poi ci incamminiamo affamati verso casa.

Teo stringe in mano la sua strana borraccia hi-tech e ogni tre passi beve un sorso.

«Dovresti prenderla anche tu 'sta roba, altrimenti agli ottanta chili di panca non ci arriverai mai.»

Sono proteine: lui è un fissato, fa cinque pasti al giorno, prende beveroni e intrugli chimici di ogni genere/colore/sapore e la mattina si alza e si sbatte subito due uova. Mentalmente mi sembra una vita un po' complessa, dover sempre stare a calcolare ogni milligrammo di ciò che si sta mangiando... E poi non potrei permettermelo neanche economicamente.

«Sicuro che non vuoi provarne? Guarda che è buono, sa di milk shake alla vaniglia.»

«Non-mi-piaceeee!»

«Allora ti faccio provare quello al cioccolato. O se preferisci devo avere ancora un bidone di *Whey protein* novanta per cento ai frutti di bosco...»

Non so nemmeno di cosa stia parlando.

«Senti, ma quanto costa 'sta roba?» gli domando facendo leva sull'unico dettaglio che mi interessa di questo discorso.

«Mah, dipende. Se sono proteine e basta vengono sui 30 euro, il barattolone da novecento grammi che dura un mese. Però dopo la palestra è meglio se prendi proteine e carboidrati, c'è il barattolo da quattro chili che conviene una cifra. Perché non vieni con me al negozio per body building? Ti presto la tessera sconto del venticinque per cento se vuoi.»

Quando parla di fitness sembra un promoter impazzito. Dovrebbe andare a dirigere uno di quei megastore sportivi che vanno di moda adesso, ce lo vedrei benissimo.

Arriviamo a casa (tanto per cambiare Ross non c'è e Alessio ha la porta della camera chiusa), butto giù qualcosa senza troppi ricami (un cordon bleu precotto infilato in un panino) e mi piazzo al pc. Controllo la mail e mi connetto a Skype, giusto per vedere chi c'è dei miei amici.

C'è Valerio.

Io e lui eravamo inseparabili fino a un po' di tempo fa: una volta, a tredici anni, gli ho addirittura chiesto se per caso non eravamo fratelli. Poi si sa come vanno queste cose: si cresce e tutte le prospettive cambiano. Lui si è trasferito a Bologna, io a Milano. Percorsi differenti, ognuno per la sua strada. Sicché, dopo i diciotto anni, abbiamo tagliato il cordone. E adesso non è facile mantenere i contatti. Un po' mi dispiace che le cose siano andate così. Forse dovevo seguirlo a Bologna. O forse doveva tirare fuori le palle e spostarsi lui a Milano con me: «Non me la sento Cla, cerca di capire: mia madre è sola e stare così lontano da casa non mi sembrerebbe giusto nei suoi confronti». In quinta liceo la pensava così. Il primo anno di università ha fatto la spola Salsomaggiore-Bologna-Salsomaggiore tutti i giorni, poi ha trovato la ragazza, e si è trasferito sotto le due torri. Stranamente la madre sola non è più stato un pensiero. Adesso la vede perfino meno di me.

Butto l'occhio al monitor e vedo la sua icona lampeggiare. Indosso la mia cuffietta da operatore di call center e stabilisco il contatto: è come telefonare, ma è completamente gratis. E lo è anche quando parlo con Giada negli Stati Uniti o con Dario a Dublino. Un'invenzione geniale.

«Ohi, Claudio! Allora? Che si dice di bello a Milano?» esordisce lui appena schiaccio il tasto di «Accetta chiamata».

«Di bello non so... Sono stanchissimo oggi. Sono appena tornato dalla palestra e gli ultimi giorni in ufficio sono stati massacranti. Ah, sono pure stato a Barcellona, andata e ritorno in due giorni, sempre per lavoro naturalmente.»

«Io sono anni che te lo dico, che devi venire a vivere a Bologna: niente ritmi massacranti, niente smog e inquinamento, niente casino, niente stronzi per la strada, niente "fabbrichètta del papy"... E costa non dico la metà, ma di certo costa meno.»

«Vale, ma che hai fatto? Un corso da vecchia casalinga di provincia?» rispondo forse un po' impulsivamente, come se le sue parole mi stessero in qualche modo toccando negli affetti. In realtà so benissimo che ha ragione.

«Dài, lo sai che scherzo. Ma devi ammettere che qui la vita è più tranquilla, non c'è paragone. Vabbe', comunque ho una news dell'ultima ora: finalmente io e Sara abbiamo trovato casa! È stata dura, ma ce l'abbiamo fatta.»

«Ma va'! Non credevo che avreste deciso sul serio di andare a vivere insieme...»

«Cosa vuoi, ormai non si poteva più stare in case separate. Lei non sopportava più la sua amica e io con 'sti due con cui abito passo più tempo a incavolarmi per le loro cazzo di canne sparse dappertutto che altro.»

«Ma come? Hai anche smesso di fumare in questi sette giorni? Buuuh! Non ti sarai mica imborghesito?»

«Diciamo che fumo meno. Mi controllo. Ma non sono le canne che mi danno fastidio, sono le canne *lasciate in giro per casa*» puntualizza. Poi riprende, un po' irritato per la mia interruzione: «Dicevo, l'appartamento che ho preso con Sara non è grandissimo, saranno sì e no cinquanta metri quadrati. C'è la cucina abbastanza grande, che poi fa anche da salotto, e una stanza un po' più piccola, ma il letto che ho dovrebbe starci a pennello. Il bagno piace un casino sia a me che a lei, perché ha doccia e lavandino divisi dal water con un separé, così è tutto un po' più intimo».

«Ho capito: mentre sei seduto la sbirci che si fa la doccia...» replico lapidariamente buttandola sul ridere.

Il punto è che Valerio non ride. E per un secondo mi sembra di sentire uno strano vuoto dall'altra parte della cuffia. Un tempo non se la sarebbe presa. Ma un tempo non si sarebbe nemmeno incazzato coi suoi coinquilini per la storia delle canne. Comincio a non riconoscerlo più. Non so, sarà questa Sara che, diciamocelo, non mi sconfinfera per niente: ogni volta che vado a trovare Valerio (e non è che poi capiti così spesso), lei deve stare tra i coglioni per tutto il tempo, manco fosse la baby sitter. Ho idea che non ami il passato del suo ragazzo e tutto ciò che in qualche modo ne fa parte, perché vuole che Valerio sia suo e basta. Il che non mi piace proprio. Ma vaglielo a dire... è fuso perso per quella lì!

«Scusa per la battuta, Vale, m'è venuta di getto. Piuttosto, quanto vi costa l'affitto?» svicolo per far cadere la tensione.

«800 euro comprensivi di spese, ma è in una bella zona, proprio dietro San Petronio. Poi adesso abbiamo due stipendi, visto che anche Sara ha trovato un buon lavoro, e così tra i miei 1100 e i suoi 1200 fanno più di 2000: ci stiamo dentro tranquillamente. Vorremmo riuscire a metterne via almeno 400 ogni mese, così iniziamo a risparmiare e tra qualche anno abbiamo la base per il mutuo. E 'sta casa ce la compriamo!»

Già, se sei fidanzato risparmi. Nel senso che vivere in due costa molto meno che cavarsela da soli. Vivere da soli, in affitto per giunta, oggi è praticamente impossibile. Ho amici che stanno da soli a Napoli, Roma e Torino e fanno una fatica della Madonna, perché 1000 euro ti van via come niente solo per l'affitto o la rata del mutuo e le spese. Ammesso che te lo diano, il mutuo, visto che a noi che abbiamo i co.co.pro. o i contratti a termine le banche ci mandano regolarmente a fare in culo. Altro che la pubblicità in cui ti presenti con una porta e ti danno la casa. Tutte stronzate.

«Ma tu invece con Eleonora adesso ci stai seriamente o no?» mi chiede Valerio.

Già, Eleonora. Ho le idee sempre più confuse.

«Vale, non so che dirti: non l'ho ancora capito. Quando mi avvicino io a lei, quella sclera, se ne va, parte e sparisce. Poi ritorna e sembra Rossella O'Hara. Il giorno dopo mi fa strani discorsi che ha paura di innamorarsi, non vuole soffrire e farmi soffrire e altre cagate del genere... Cioè: non so dove sbattere la testa. Lo sai com'è fatta: per lei contano la carriera, i soldi e la bella vita, anche se non lo ammette. E il suo fidanzato deve essere semplicemente uno che la capisce e le sta a fianco. La vita per lei è quella dell'*Isola dei famosi*, dei plastici di Cogne, dei «Dipiù», «Chi» e «Novella 2000»: lei vorrebbe finire lì dentro e vorrebbe una persona che le dia la sua approvazione. Ma io non credo di essere in grado di starle accanto in quel modo.»

«Lasciati dire una cosa, Cla: io non la conosco bene, questa Eleonora, l'ho vista giusto quelle due o tre volte che sono venuto a trovarti a Milano. Ma quando ne parli, anche se stai parlando dei suoi difetti, cambi completamente voce. Ti giuro: sembri un usignolo, ti metti a cantare. Guarda che è una di quelle cose che non capitano spesso...»

Fortuna che non può vedermi, perché sento che

sto arrossendo come una squinzia tredicenne. Ma forse ha ragione. Me lo dice sempre anche Teo che mi si illuminano gli occhi a parlare di Eleonora. È che a volte la luce è troppo forte per sopportarla.

«Vabbe', ti prometto che ci penso. Te lo prometto.»

«Guarda che non sono tua madre, a me non mi freghi! Le conosco io le tue promesse: quando eravamo in prima media mi hai promesso che avresti detto a Sandra che le andavo dietro e poi il pomeriggio vi ho visti passare sotto casa mia mano nella mano che vi davate i bacini sulla guancia.»

Azz, che memoria. Avevo completamente rimosso. Ma è un episodio solo, non capisco cosa voglia dimostrare.

«Non farmi la predica con quel tono, mi sembri don Giulio. Hai pure lo stesso accento!»

«Ma va' là, tempo che quello dice una frase io ho già finito un discorso intero...» e si mette a ridere.

«Quello sì...» lo assecondo, «comunque non lo so, Valerio, non so proprio come andrà a finire con Eleonora. Ormai ci conosciamo da un sacco di anni... All'inizio sembrava l'amore della vita, poi tutto si è disciolto come un pupazzetto in una pentola d'acido. Un attimo c'è, l'attimo dopo non c'è più. E ogni volta ricominciare da capo è sempre più difficile. È un anno che stiamo andando avanti così. Tre giorni di amore folle, poi per venti nemmeno ci si sente. Non so lei, ma io inizio a scassarmi.»

Continuo a parlare a ruota libera e la testa nel

frattempo si alza, gli occhi lasciano il monitor e si fermano sulle foto.

Le foto.

Quelle appese dietro al tavolino del computer, sulla bacheca di sughero con bordo di legno giallo e puntine colorate. È lì che ho appeso tutte le foto di Ely: io e lei insieme a Parigi sulla Tour Eiffel, lei che posa in versione sexy per il calendario delle universitarie, io e lei insieme in piscina con un capezzolo che le spunta dal pezzo di sopra del costume, io e lei insieme a tavola a casa dei miei giù al paese. Io e lei (e Ross) sdraiati su questo letto.

Sto crollando e sono così in confusione che non mi ricordo nemmeno quand'è che l'abbiamo fatta, quella foto sul letto.

Ogni tanto mi chiedo perché mi stia dietro. Ma in fondo me l'ha fatto capire più di una volta. «Siamo due poli opposti che si attraggono» ama ripetere con quel suo fare un po' snob. O finto snob. Le differenze tra noi sono tante, soprattutto sono diversi gli ambienti in cui siamo cresciuti, in cui viviamo: patinato, chic, borghese il suo. «Verace e spontaneo», come dice lei, il mio. Che poi a me sembra semplicemente «normale».

«Oh, Vale: ti saluto che comincio a straparlare. Mi sa che è ora che vada a letto...»

Liquido velocemente Valerio con la testa che ormai è per i cavoli suoi. E poi non è che sia stata una gran conversazione, stasera: convenevoli, malintesi... Meglio risentirsi un'altra volta.

Spengo il pc e, ancora tutto vestito, appoggio la testa sul cuscino a pancia in giù. Mi ci lascio sprofondare dentro. Con un gesto istintivo della mano spengo anche la luce, senza nemmeno andare a chiudere la porta della stanza.

«Non si dà la buonanotte?»

È Teo che urla dal salotto. Deve aver visto spegnersi la luce.

«Guarda che Ross ti aveva lasciato un biglietto, non so se l'hai visto!» mi ammonisce. «Quando ci siamo beccati oggi mi ha detto che torna tardi anche stasera, ma voleva che tu l'aspettassi sveglio: ti deve raccontare di un certo Franco, uno a cui insegnava informatica e con cui ha avuto una specie di storia, se non ho capito male...»

Ah sì, Franco: il collega di Alessio. «Una specie di storia» con quello lì? Boh, mi sembra che con Ross non ci azzecchi proprio niente. L'aspetterò, tanto non ho sonno.

«Non preoccuparti, Teo, non dormo. Ho solo bisogno di rilassarmi un attimo» lo rassicuro.

Ho Eleonora che mi gonfia la testa come se fosse attaccata a una pompa a pressione. Se avessi ancora dieci anni la butterei sul «m'ama non m'ama...» o sul «la amo non la amo...», tanto mi sento impotente. Forse è un problema di soldi: se ne avessi di più, se avessi una posizione più stabile e più importante, se potessi presenziare come lei a party, aperitivi, vernissage, cocktail e inaugurazioni di lusso, chissà, forse tra noi andrebbe tutto a gonfie vele.

Oh Madonna, ma che cazzo sto pensando? Sto cominciando a ragionare come lei... Queste frasi sono esattamente le stesse che mi ripete ossessivamente quando poi scoppia la solita litigata, la solita crisi, il solito pianto.

No, non è un problema di soldi. Vaffanculo! Io quella vita non la farei mai, nemmeno se fossi miliardario. Se mi vuole, mi prende così. Altrimenti che me lo dica chiaro e tondo, che non mi vuole. Se mi vuole solo per cercare di farmi diventare come lei, che se lo levi dalla testa.

Dal nervoso sbatto violentemente il pugno contro il muro. Quasi non mi accorgo di quello che sto facendo. Vaffanculo. Vaffanculo Eleonora!

«Vaffanculo Eleonora!» La frustrazione trasforma i pensieri in parole e i bisbigli in urla. Con uno scatto mi metto a sedere sul letto, batto i pugni sul materasso: «Vaffanculo! Vaffanculo Eleonora! Vaffanculo!».

Di colpo si accende la luce. Matteo entra in stanza e si blocca: sta lì, con la mano appoggiata all'interruttore, e mi osserva. Ha lo sguardo esterrefatto, sgrana gli occhi come se avesse visto un alieno. O un trentaelode sul libretto. Con l'altra mano si tocca il pacco, tanto per lucidare i gioielli di famiglia.

«Ma che, sei scemo? Cosa cazzo ti è preso?»

«Sono schizzato perso per Eleonora, cazzo! A te non è mai capitato di essere schizzato per una tipa?»

Silenzio.

Sentiamo sbattere la porta, Ross deve esser tornata.

Io sono lì, fermo immobile e quasi paralizzato sul letto. Matteo è appoggiato al muro, fermo, immobile, paralizzato. È come quell'istante che dicono che ognuno di noi attraversi prima di morire, quell'istante in cui rivedi tutta la vita in un attimo come se fosse un film a velocità impazzita. Ecco, è esattamente così che sto rivivendo tutta la mia storia con Ely, conciato come un rinco con la camicia aperta e i calzoni sbottonati sui boxer arancioni. Ross si affaccia alla porta: guarda me, guarda Teo.

«Che fate lì impalati? È un rito africano o cosa?» chiede un po' stupita, un po' stranita.

Lei non lo sa: non sa che stasera la mia vita è cambiata.

6

strappi alle regole

«Cappuccio e brioche. Alla crema, la brioche. E il cappuccio col cacao, per piacere.»

Oggi mi gira di dare ordini. Con gentilezza e col sorriso sulle labbra, ma mi gira di dare ordini. Sarà che ho anche la cravatta, mi sento come uno di quei manager rampanti e arrivati. A vedermi da fuori, qualcuno potrebbe immaginarsi che io sia un direttore d'azienda con attico in centro e villa a Capri. E invece...

Ok, l'aumento di stipendio non l'ho avuto e la delusione mi ronza ancora in testa, ma la decisione di tagliare i ponti con Eleonora mi ha fatto recuperare fiducia in me stesso. Così mi sono svegliato prima del solito, mi sono vestito di tutto punto (già m'immagino i commenti in ufficio) e ho scelto di fare colazione in un bar del centro, in piazza San Carlo lungo corso Vittorio Emanuele. Loro sì, quelli intorno a me, che sono direttori, account, business-men eccetera eccetera... Ma io oggi questi 3 euro (se tanto mi dà tanto: sento odore di tariffa maggiorata da ambientino chic) me li spendo proprio di gusto. Niente cereali nella tazza, niente latte a lunga conservazione, niente succo al pompelmo del discount e niente merendine confezionate.

Un mio compagno, al liceo, faceva sempre la colazione al bar, e mentre noi alla prima ora avevamo la faccia smunta, lui era già bello arzillo che ci fregava sia sulle interrogazioni che sulle ragazze.

Certo, tutti i giorni non potrei permettermela. Ma una volta ogni tanto (e che cavolo!) un'autogratificazione ci vorrà pure. A Milano, tra l'altro, oggi c'è pure il sole. E il cielo limpido. Non capita spesso, in pieno inverno, di vedere la città quasi colorata sotto i riflessi di una luce che, per quanto distante, dà una spinta in più a tutto ciò che si muove. Me compreso. Lo dice sempre mia mamma: siamo una famiglia di meteoropatici.

Esco fischiettando dal bar (ci avevo quasi preso: cazzo, 3 euro e 20 per un cappuccio e una brioche!), mi incammino verso la MRW e prendo la Gazza all'edicola. Una volta la compravo regolarmente per leggere gli articoli sull'Inter e sul Bologna (ho sempre avuto il cuore da tifoso diviso a metà), adesso do un'occhiata ai titoli su internet e buonanotte. È molto più agile e conveniente. Ma oggi è la giornata degli strappi alle regole, e mi concedo anche questo.

Altro strappo alla regola: niente ascensore, salgo a piedi. Quattro rampe di scale, ed eccomi nel fantastico mondo del marketing strategico. Saluti veloci, commenti in sottofondo sulla mia cravatta – «Che carino che è Claudio oggi...» mi pare di sentir dire da una delle ragazze dell'ufficio commerciale che parla come Renée Zellweger in *Bridget Jones* – e infine lì, pronta ad aspettarmi come sempre, la mia scrivania.

La colazione al bar ha fatto effetto, rendendomi davvero più propositivo. Studio nuove mosse promozionali per Ka-Ty passando dal Mac al videoproiettore e viceversa mentre ballo a tre metri da terra, tanto che Gloria mi fa segno di stare attento perché Stefania è in ufficio e potrebbe incazzarsi. Ma chissenefrega. Anche se lui non me lo ha mai dimostrato né a parole né tantomeno a fatti, mi piace pensare che Angelica dicesse sul serio, quel pomeriggio sul treno per Malpensa: Mark si fida di me. E questo mi fa sentire istintivamente più tranquillo, perfino più importante.

L'aver chiuso con Eleonora, poi, mi dà la forza giusta per sentirmi veramente figo. Spalle larghe, petto gonfio, testa alta: io sì che sono uno che vale!

«Claudio, guarda che c'è il tuo cellulare che sta squillando...»

È Daniele ad avvisarmi. Io come al solito avevo la testa per aria.

Chiamata persa: numero anonimo. Richiameranno.

Tempo pochi secondi e la mia suoneria dei Prodigy ricomincia a martellare prepotente. Ancora anonimo.

«Pronto! Ma chi parla?» rispondo con voce vagamente stizzita. Le telefonate con il numero nascosto mi mettono sempre una strana ansia.

«Ciao tesoro, sono io! Non ti è apparso il numero?»

Eleonora.

«Cavolo, ho preso il cellulare nuovo e non dirmi che c'è la funzione disabilitata! Come stai? Dài, ti ho perdonato per il tuo bidone! Anzi, oggi sono libera a pranzo: ci vediamo sotto il tuo ufficio per la una in punto, così mi offri qualcosa di speciale e poi... Sei contento vero?»

Trenta secondi – tanti ce ne ha messi per finire il fiato dopo aver recitato senza interruzioni la sua parte – di buio totale. Quando chiama lei succede sempre così: fa le domande e dà le risposte, organizza, decide, ordina, taglia e cuce tutto da sola. È già tanto che aspetti un mio cenno di vita prima di riattaccare.

Non parlo.

«Tesoro, ma ci sei? Cos'è, ti ho tolto il respiro per la sorpresa? Dài, ci vediamo all'una, eh? A dopo, Puffy.»

Puffy. Era un bel po' che non mi chiamava così: all'inizio lo faceva per prendermi in giro («Adesso sei un Puffo, ma un giorno diventerai un *Grande* Puffo!» pronosticava con aria convinta a quell'universitario emiliano con cui si stava fidanzando), poi è diventato uno di quei soprannomi da fumetto che entrano nella routine di tutte le coppie. Una specie di linguaggio in codice: quando si usa, è buon segno.

Solo che oggi avrei voluto – avrei *dovuto*? – risponderle: «No, scusa, niente pranzo perché con te ho chiuso!». Già, perché ho chiuso con lei. Solo che lei non lo sa. Ho deciso che non volevo più saperne della nostra relazione, ma non gliel'ho ancora detto. Non ho avuto il tempo per farlo. O meglio: non ho avuto *le palle* per farlo.

Dio, mi sto intristendo.

No, oggi è una giornata troppo bella per angosciarmi. Così ho deciso e così sarà! Anzi, quasi quasi ne approfitto: vado a pranzo con Eleonora, le dico che tra noi è finita, torno in ufficio e proseguo per la mia strada.

«Sei molto elegante. Non dirmi che... Hai avuto una promozione? Bravo amore, hai visto che ce l'hai fatta?»

Mi bacia, sorride, mi prende a braccetto e mi tira in mezzo alla strada. Lei e io, a camminare per il centro, come se nulla fosse successo. Come se tra noi fosse sempre tutto meraviglioso.

«Allora? Dove mi porti a mangiare?»

E dove la porto? Non ho avuto un solo minuto per pensarci. Lascerò decidere a lei, che tra noi è quella che ha i gusti più difficili.

«Non so. Io di solito mi prendo un trancio di pizza.» Sono le prime parole che le rivolgo da quando mi ha chiamato sul cellulare. Davvero memorabili, non c'è che dire.

«Ma sei fuoriii? Non vorrai avvelenarmi con

quella specie di gomma americana! E poi dovresti cominciare a mangiare sano anche tu, tesoro, altrimenti tutta la palestra che fai non serve a niente.»

Non avevo dubbi che avrebbe reagito così alla mia proposta.

«Allora dove possiamo andare? Al bar qui sotto non se ne parla: un panino 5 euro, non oso immaginare il resto. Mc Donald's o Burger King?»

«Claudio, guarda che non ti sposo mica se continui a frequentare certi posti... Cosa penserebbe mia madre di me? Ma soprattutto: cosa penserebbe mia madre *di te*?» chiosa a metà tra l'ironico e il convinto.

«Senti, tagliamo la testa al toro: andiamo alla Vecchia Trattoria» propongo risolvendo brillantemente la situazione con un guizzo d'orgoglio, «ci sono sia panini che piatti, si mangia bene e non si spende tanto.»

«Lo sai che quando t'impegni sei un vero genio?» e mi stampa un bacio in fronte.

Oggi è fuori, Eleonora. È veramente fuori.

Ci sediamo e continuiamo a guardarci in silenzio, animati da sentimenti evidentemente contrapposti che però si esprimono in maniera identica: lei felice di stare con me, io deciso a chiudere per sempre.

A rompere l'impasse è la cameriera.

«Per me bavette con pomodoro e basilico» esordisco frettolosamente ordinando il piatto meno caro in elenco.

«Per lei invece?» incalza la cameriera rivolta a Eleonora.

Vedo Ely scorrere il menu a velocità supersonica per trovare qualcosa che le vada a genio.

«Anche per me.»

«Da bere?»

«Due bicchieri di dolcetto» risponde Eleonora «e mezzo litro di naturale.»

Forse il vino (che qui è piuttosto buono nonostante ti pelino 1 euro e 50 per mezzo bicchiere) mi aiuterà. E i gradi si fanno sentire: Eleonora comincia leggermente ad arrossire, mentre alterna uno sguardo alle bavette e uno a me, indecisa se iniziare a parlare lei, chiedere a me di parlare o rimanere in silenzio a goderci questo momento così come viene. Io ne approfitto per riprendere fiato dopo aver fatto tutto di corsa e dare anche un'occhiata in giro. Altri ragazzi non ce ne sono, a parte tre tipe che avranno al massimo diciotto anni e che non si capisce come siano finite a mangiare qui. Per il resto è tutta una serie di manager, impiegati e giornalisti dai quaranta/quarantacinque in su. La clientela è un po' troppo pettinata, per i miei gusti, ma il posto mi piace: il salone è rustico, l'atmosfera è familiare e quando poi le ordinazioni te le prende la proprietaria – un donnone ruspante che avrà una sessantina d'anni e che si sforza di far la milanese doc, anche se tradisce un marcato accento del Sud – sembra di essere a casa anziché in un ristorante. «Cosa diamo da mangiare oggi a questo bel giovanotto?», «Solo un primo? Ma via che deve crescere, signore mio: un dolce non le rovina certo la linea!» e «Posso portarle il caffè? Così questo pomeriggio in ufficio sarà bello sveglio e su di giri... Vedrà che le daranno la promozione!»: sono sempre questi tre i cavalli di battaglia preferiti della Sciura Maria. O Donna Assunta, come l'ho soprannominata la prima volta che ho messo piede qui dentro con Mark. Fa piacere sentirla, se non altro perché, a parte l'accento lumbàrd che prova tragicamente a imitare, non sembra proprio di essere a Milano. Ci verrei più spesso, se potessi permettermi pranzi da 10/12 euro a botta.

Finiamo le bavette quasi bevendole, tanto avevamo fame e tanto erano appetitose, senza praticamente dire una parola.

È lei la prima a rompere il silenzio: «Passiamo direttamente al caffè? Ho voglia di andare a fare un giro... Quanto ti manca?».

Do un'occhiata all'orologio: 13:31.

«Ancora mezz'ora.»

In realtà avrei preferito rimanere seduto, per dirle che avrei, che *ho* deciso di chiudere. Perché siamo diversi, perché ho paura dei suoi giudizi, perché l'amore è una cosa seria e non un continuo tira e molla. Ma non passa un secondo che siamo già fuori.

Mi fa strano questo lungo silenzio, come se a lei bastasse stare con me. Per un attimo, mentre camminiamo ritornando verso il centro, penso che forse è cambiata: ha capito quanto contano i sentimenti, che «due cuori e una capanna» non è poi un concetto così sorpassato, che gli status symbol non servono a nulla.

«Ma come? Non hai notato la borsetta? È Gucci! E il mio cellulare nuovo? Visto che figo? È l'ultimo modello della Nokia, una vera chicca. In Italia per averlo c'è da aspettare almeno due mesi, ma a me l'ha procurato di importazione un amico di mio padre...»

Il ritorno alla realtà è brusco. No, non è cambiata.

Famiglia bene, feste e festini, vernissage e cocktail, strette di mano e sorrisi falsissimi a destra e a manca: è l'ambiente di Eleonora, della sua Milano bene, dell'alta società fatta di fabbriche, import-export e borghesia finta intellettuale. È al centro di quel mondo che mi vorrebbe mettere: anche se poi, ne sono sicuro, se diventassi «uno di loro» mi scaricherebbe.

Altrimenti perché non sta con uno dei tanti bellocci di plastica che le sue amiche e sua mamma le presentano ogni giorno, manco gestissero un'agenzia matrimoniale?

Sono così queste milanesi: ti prendono, ti cambiano e ti mollano.

Ma *con me* il gioco non funziona.

«Ely...»

«Zitto, non dirmi niente! Oggi ho solo voglia di passare un po' di tempo con te. Poi guarda che il prossimo fine settimana sono liberissima, quindi ci prendiamo due giorni tutti per noi, mi racconti del tuo lavoro, parliamo di noi e magari programmiamo pure una vacanza insieme, eh? Ti va?»

Mi chiude la bocca con un bacio. Un bacio che per me ha il doppio sapore di liberazione e prigionia allo stesso tempo. Tanto so benissimo che qualsiasi pensiero pomeridiano sarà offuscato da quell'immagine, da quel calore, da quella sensazione di piacere inebriante ma fastidiosa.

Una liberazione perché era tutto il pranzo che avevo il cuore in gola: è facile decidere che non ne vuoi più sapere nulla di lei, ma quando poi ce l'hai davanti niente è come lo avevi pensato, meditato, deciso. La razionalità va a farsi fottere, entra in gioco quello che provi, le emozioni, le sensazioni, i sentimenti. Il cuore. E il cuore mi dice: «Eleonora ti amo».

Una prigionia perché era tutto il pranzo che volevo dirle addio. Ma non solo non sono riuscito nemmeno a iniziare il discorso, quando poi mi ha baciato mi sono lasciato trasportare e m'è venuto da abbracciarla con tutta la forza che avevo in corpo.

Adesso siamo al punto di partenza. Sono di nuovo prigioniero di un amore senza senso: inspiegabile ma indistruttibile.

«Due... che sfiga! Vabbe', sarebbe stato troppo bello...» mi viene da esclamare a voce alta controllando su internet i numeri appena estratti al SuperEnalotto.

La mia «giornata sì», quella iniziata con la cravatta e la colazione al bar, evidentemente è finita.

Ho fatto due. Praticamente a un passo da una vincita di ben 47 euro.

«Che c'è?» mi urla Rossella dalla sua stanza.

«Niente, niente. È che mi ero illuso che oggi fosse il mio giorno fortunato...» le rispondo alzando a mia volta la voce.

Due. Come a dire: «Dài, ritenta: vedrai che la prossima volta andrà meglio...». Forse sarebbe stato meglio zero, per metterci una pietra sopra. Ma due, al SuperEnalotto...

Non voglio farmi prendere la mano, ma se capita, magari un'altra volta riprovo. Tanto, per 1 euro, male che vada ci perdo un caffè, non mi gioco mica le mutande.

7

bisogna inventarsi qualcosa

«Scusa, ma... non hai paura che ti becchino? Quei dischi sono appena usciti!»

È Ross. Come al solito è entrata in camera senza bussare – una volta mi ha pure beccato completamente nudo sul letto – e ha visto sul monitor del pc una sfilza di file accodati su eMule in attesa di download.

«E secondo te io dovrei spendere più di 20 euro per comprarmi un cd a scatola chiusa? Guarda che non funziona come al supermercato: se un cd ti fa cagare, mica puoi riportarglielo e chiedergli di cambiarlo con un altro.»

«Ho capito, ma sui giornali non faccio che leggere di multe e sequestri per pirateria. Cioè: non vorrai farci venire la pula in casa, spero.»

Eccola puntuale, la parolina magica: «pirateria». Ma cazzo, scaricare una canzone o un video da internet *non è pirateria*. Pirateria è copiare qualcosa per rivenderlo di contrabbando, non prenderlo in rete per vedere di che si tratta e poi andarselo a comprare originale o cestinarlo. Ogni volta che si tocca questo tasto non voglio sentir ragioni.

«E allora? Che mi arrestino! Anzi, non chiedo nemmeno l'avvocato: mi difendo da solo. Non vedo proprio l'ora di poter dire pubblicamente quello che penso di quegli stronzi di discografici che fanno pagare 22 euro una merda di cd da trentacinque minuti!»

Ross mi guarda sgranando gli occhi, ma capisco che sotto sotto se la sta ghignando: ogni volta che ho queste reazioni si immagina sempre di vedermi tra qualche anno in televisione a pontificare come gli opinionisti dei reality (altra bella categoria, oltre ai discografici), pensando «Io quello lo conosco! Abitavamo insieme». A parte questo, però, l'intuito mi suggerisce che non le interessi molto sentirmi sproloquiare sull'argomento. Ma ormai sono lanciato e voglio arrivare fino in fondo: alla peggio, saranno le prove generali per il mio processo.

«Poi scusa, eh: ma secondo i luminari antipirateria dei miei coglioni rotanti io dove dovrei andare a pescarle le canzoni che non sono più in commercio? Prova ad andare al banco informazioni di qualsiasi negozio di cd e chiedi se hanno gli album di Rondò Veneziano o i singoli di Sabrina Salerno, che ci tieni tanto a farti l'intera discografia originale, per vedere se non ti ridono in faccia!»

«Ma allora perché dicono che se scarichi da internet è illegale?» taglia corto lei andando subito al sodo.

«Perché devono pur giustificare il fatto che non vendono più un disco e che sono prossimi al fallimento perché pagano miliardi a dei produttori incompetenti con idee pari a zero. Ti pare?»

Sento uno strano calore salirmi in faccia. Mi guardo allo specchio e trovo la conferma dei miei sospetti: sono completamente paonazzo. Forse è meglio che mi dia una calmata, anche perché sono le nove passate e rischio che la pula in casa ci arrivi veramente, chiamata dai vicini.

«Vabbe', senti, lasciamo perdere. Io scarico da internet le canzoni, poi se un album mi piace lo compro originale, se non mi piace lo cestino. A me sembra un'operazione corretta. Poi, che ognuno rimanga pure della propria opinione. Piuttosto, avevi bisogno di qualcosa?»

Sul volto di Ross ritorna il sorriso. Sul mio, un colorito naturale.

Io e lei siamo rimasti a casa da soli e stiamo cazzeggiando alla grande: una serata di relax al cento per cento. Alessio deve essere andato al cinema (è mercoledì e c'è il biglietto ridotto), mentre Teo sarà fuori con qualche tipa.

A Ross ho raccontato del mio aumento mancato e lei, come sempre, è riuscita a convincermi che la situazione non è così grave, che l'aumento prima o poi arriverà e che sicuramente mi faranno anche il contratto a tempo indeterminato. Mi dà sempre fiducia, lei, e mi aiuta a vedere il futuro con più serenità.

Di Franco, invece, non parla già più – «Ma figurati! Non è buono neanche per il brodo!» ha tagliato corto appena ho provato ad andare sull'argomento.

Mentre ripercorro mentalmente tutto quello che mi è successo in questi ultimi giorni (Eleonora rimane ancora un capitolo in sospeso, e non me la sento di appestare Ross per l'ennesima volta tirandole fuori la storia del pranzo e del possibile week-end che m'ha chiesto di passare con lei), Ross riprende a parlare.

«Cla, è tutto il giorno che ci penso e volevo sapere qual era la tua idea in proposito... Stamattina ero da sola in casa e non so che flash mi è venuto, ma mi sono messa a fare i conti su quanto ho guadagnato questo mese. Guarda: sto a quota 700 euro secchi. Non ti dico che son scoppiata a piangere, ma quasi...»

Non ho mai visto Rossella piangere. Mai. Nemmeno quando è rimasta chiusa in ascensore sette ore e le è saltato un colloquio di lavoro; nemmeno quando si è fatta una settimana di notti in bianco per aiutare un'amica a scrivere la tesi di laurea e poi quella le ha rinfacciato che le aveva fatto prendere solo due punti; nemmeno il giorno del funerale di suo padre. Mai. Tuttavia ci sono cose che vanno al di là della sfiga perenne, delle umiliazioni e degli affetti perduti e che, per quanto possa sembrare strano, finiscono per toccare corde ancora più profonde.

I soldi. O meglio, i *non*-soldi.

«Guarda, Ross: ti credo...»

«Lo so. È per questo che ne parlo con te e con nessun altro.»

Rossella si strofina la mano sui pantaloni di tela che le ha regalato il proprietario di un negozio equosolidale per ricompensarla di aver sostituito la commessa un pomeriggio. Non capisco se è agitata per quello che mi sta dicendo o per le affinità che si creano sempre tra noi in questi momenti e che, in qualunque film o in qualunque romanzo, si concluderebbero con una notte di sesso sfrenato e tutti i conseguenti "Come abbiamo fatto ad arrivare a questo?" del caso. In effetti, non è la prima volta che sospetto sia innamorata di me...

No, è una cazzata. Meglio non pensarci.

«Ma non riesci ad arrotondare neanche con il lavoro da baby sitter? Ormai sono più le sere che passi fuori di quelle che passi in casa.»

Cerco di usare un tono scanzonato che però non suoni offensivo per provare a risollevarle il morale.

«Ecco, appunto: è proprio questo il discorso. Ho paura che fare la baby sitter stia diventando il mio lavoro, non un arrotondamento. E a ventisei anni e con una laurea in Scienze della Comunicazione mi sembra un po' prestino per fare la baby sitter di professione, tu che dici?»

«Dico che fosse per me meriteresti ben altro.»

«Ora: a parte la baby sitter nell'ultima settimana, questo mese ho fatto quattro lezioni di computer all'Università della Terza Età, quattro al laboratorio dell'InformaGiovani, cinque traduzioni per quel tipo della Cattolica che studia tedesco, tre giorni di volantinaggio e la correzione delle bozze del libro del mio prof di tesi. Nient'altro. Cla, mi sa proprio che dobbiamo inventarci qualcosa.»

Rossella mi mette sotto gli occhi un tabulato dettagliatissimo delle sue entrate e uscite, e la prima cosa che mi balza all'occhio è la tragica dominante del colore rosso.

«Tu che sei un genio del marketing, aiutami a rifare il curriculum, che da domani mi metto a spammarlo a tutti gli indirizzi che trovo in rete!»

La sua voce ha cambiato di colpo colore, passando da un viola spento a un giallo squillante. Evidentemente l'imbarazzo iniziale riguardava più il parlare di certe cose *con me*, piuttosto che parlare di certe cose e basta. Adesso che ha superato i convenevoli iniziali, mi sembra tornata la Rossella-caterpillar di sempre.

Si tira fuori dalla tasca la chiavetta usb di Matteo (che ovviamente si è comprato il modello più stiloso che c'è sul mercato, anche se poi non la usa mai) e me l'appoggia sulla scrivania: «Copiati il file curri.doc e dimmi dove sbaglio».

Copio il documento sul pc, lo apro e non riesco a trattenere le risate: mai visto un curriculum del genere.

«Sì, beh, eccooo... Come direee?» faccio io con la voce nasale e strascicata della tipica segretaria frustrata delle commedie americane. «Signorinaaa, questa è un'agenzia di collocamentooo... Lei dovrebbe rivolgersi al reparto Psichiatriaaa, seconda porta a sinistraaa!»

Anche Rossella scoppia a ridere. Di colpo mi sento sollevato, per fortuna non se l'è presa. In realtà è la persona più autoironica che conosco, ma, su certi argomenti, è piuttosto suscettibile.

«Dài, scemo! Dimmi dov'è che sbaglio, che non mi si caga nessuno.»

«Ross, cazzo, prima di scriverlo di cosa ti sei fatta? Di Omino Bianco?»

«Ma perché, non ti piace?»

«Font: Times New Roman 12 punti di default. Paragrafazione: fittissima a bandiera con interlinea singola, parole attaccate e indistinte da sembrare uno stereogramma e giusto qualche grassetto messo casualmente qua e là, come unica concessione al concetto di "impaginazione". Ross, con questo al massimo potresti trovare posto come cassiera. E poi, e poi...»

«Che c'è che non va bene? All'agenzia di lavoro interinale ho visto addirittura gente che lo portava scritto a biro su carta da macellaio...»

«Ho capito, ma questa è entropia, non un curriculum! Da una che il computer lo usa come sai fare tu, ci si aspetta ben altro genere di risultato.»

«Giuro che ho sfogliato tutti i libri che hanno in

Feltrinelli su come si scrive un curriculum, non mi sono mica inventata niente.»

Mi piace, quest'immagine. Rossella che va in Feltrinelli mezza sfatta tipo punkabbestia (com'è lei quando si sveglia con la luna storta) e si impala al settore «Business e Lavoro» leggendosi tutti i manuali di finto *recruiting*, mentre la gente passa e la stronca: "Questa qui, conciata così, che cavolo di lavoro spera di trovare?". E pensare che Ross è una delle persone più intelligenti e motivate che conosco.

«Punto primo: un minimo di personalità la vogliamo dare o no, a questo curriculum? Un curriculum ti deve riflettere, ti deve rispecchiare, deve essere il tuo *Io* proiettato nel mondo del lavoro. Chi lo legge deve guardarlo e capire che lì dentro ci sei tu e solo tu, non chiunque altro.»

«Oddio, mr. Marketing, mi sono persa... Parla come mangi.»

Non ha tutti i torti. I tre mesi di interinale che mi sono fatto alle Risorse Umane dell'EuroT – niente di che, una banalissima agenzia di consulenze aziendali pseudointernazionali – mi hanno dopato il cervello con queste stronzate da sagra motivazionale, così ogni tanto scopro che non sono ancora riuscito a rimuoverle del tutto dal subconscio. Tanto lo so benissimo io, e lo sa benissimo anche Rossella, che non è certo per un colpo d'occhio su un foglio di carta straccia che si trova o meno un lavoro, e che qualunque protocollo su come si scrive il curriculum lascia il tempo che trova, perché a conti fatti:

1) il lavoro lo si trova per conoscenze e non per curriculum;

2) chi ti giudica ha il suo metro di valutazione, e un curriculum che a qualcuno può sembrare splendido per un altro può essere aberrante. Anche se un minimo di «stile», diciamo, viene apprezzato universalmente.

«Sì, scusami. Intendevo dire: fai emergere di più la tua personalità, anziché accontentarti del layout di default di Word.»

«Capito.»

«Punto secondo: valorizza le tue esperienze e le tue potenzialità, cazzo! A nessuno importa che tu abbia fatto la baby sitter a un bambino di tre anni. Se scrivi che hai fatto la hostess in fiera, non deve sembrare che tu fossi quella che montava gli stand. Non so, aggiungi che ti occupavi delle pr col pubblico, cose del tipo "Mi sono interfacciata con un pubblico cosmopolita selezionato ed esigente", montala su, falla sembrare la cosa più strafiga di questo mondo. Fa niente se a pensarci ti vien da ridere...»

«Una specie di messaggio promozionale, insomma... Uhm, ma non sarà troppo?»

«Ma hai idea delle boiate che si inventano gli altri? C'è gente che scrive "Programmi che so usare: *tutti*" oppure "Esperienze professionali: *molte e di successo*". Insomma, il curriculum deve far capire che sei valida, che hai esperienze e che sei la persona giusta in quel preciso momento.»

Rossella riprende a ridere di gusto. Penso che sia anche perché proprio non riesce a tirar fuori la farfalla che è in lei da quella crisalide un po' fuori di testa.

«Tu ovviamente non devi inventarti niente, altrimenti se poi ti sgamano ci fai una figura di merda. Devi solo venderti meglio, baby.»

«Poi?»

«Poi a seconda di chi è il destinatario del curriculum, aggiungi quali sono le tue aspirazioni e i tuoi obiettivi per quel determinato posto di lavoro. Anche qui: fai sembrare che ci stai credendo di brutto, non far credere che hai copiato e incollato tre frasi fatte da internet. Ah, un'ultima cosa: scrivi che sei disposta anche a fare stage o a essere presa a tempo determinato, perché per come vanno le cose adesso, hai sicuramente più probabilità di stare subito più simpatica a chi leggerà il tuo curriculum.»

«Ok dottore, tutto chiaro. Quanto le devo?»

«Per stavolta offre la ditta, purché non diventi un'abitudine.»

«Beh, mi faccia diventare dirigente a diecimila euro al mese e vedrà che non sarò più costretta a disturbarla!»

Rossella mi fa un sorriso, si riprende la chiavetta e con un bel piglio propositivo esce dalla stanza. Dieci secondi dopo si riaffaccia dal corridoio.

«Ah dottore, dimenticavo: buonanotte. E stia attento alla Polizia!»

Se la conosco bene, passerà tutta la notte a risistemarsi il curriculum e domattina me lo farà trovare sotto la porta quando mi sveglio. È fatta così: se si mette in testa di fare una cosa, non la distraggono nemmeno le cannonate. E mi pare che abbia troppa adrenalina addosso per riuscire a prendere sonno adesso.

Settecento euro in un mese. Cosa cazzo vuoi che sappiano i politici che si lavano la bocca con quei penosi slogan demagogici tipo «Dobbiamo investire sui giovani» o «I giovani sono il nostro futuro» e poi guadagnano ventimila euro al mese e non si scrostano dalla poltrona nemmeno a novant'anni, lasciando quelli come Rossella a marcire con quattro soldi in tasca?

Non che la mia situazione sia migliore: sono precario, lo stipendio è quello che è, il futuro si presenta assolutamente incerto. Ma intanto affitto, bollette, spesa, riparazioni, imprevisti, tasse... con tutte queste cose mi devo confrontare ogni santo giorno. E consumano fino all'ultimo centesimo i pochi soldi che guadagno, lasciando uno spazio esiguo a quello che si suppone voglia fare un qualunque trentenne: divertirsi.

Non è giusto.

Ha ragione Rossella. Qua bisogna davvero inventarsi qualcosa...

8

flessibilità

<Paolo79> Ti ricordi che sett prox c'è Inter-Bologna a S. Siro?

<Cla1000> Sì tranqui: l'avevo pure segnato sul calendario.

<Paolo79> Allora ke fai, vieni?

Se Stefania mi becca che sto chattando con Paolo è matematico che va a chiedere a Mark di mettermi sotto controllo il computer e di restringere le mie configurazioni di accesso alla rete, inventandosi chissà quale rischio di «fuga di notizie». Ma intanto che Gloria si fa la pausa caffè più telefonata alla figlia (come ogni giorno all'ora dell'intervallo, «Solo per assicurarmi che sia tutto a posto, non voglio certo farla diventare telefonino-dipendente già a sei anni»), non vedo perché non dovrei approfittarne per scambiare quattro parole con lui. Saranno ben cazzi suoi – di Stefania – se Mark non le ha ancora perdonato di averlo lasciato andare via.

Fino a sei mesi fa, Paolo lavorava qui alla MRW. Come pubblicitario. Piuttosto che continuare ad appaltare la realizzazione di manifesti, volantini, promo, jingle e videoclip a società esterne, Mark e Gerardo Conti, il supermegadirettore galattico di filiale, avevano pensato di mettere in piedi una divisione creativa interna, iniziando con un paio di persone in prova prima di decidere se assumerne altre o cassare l'idea. L'intenzione era tagliare i costi e i tempi, monitorando più da vicino tutti i processi tecnici e creativi dei vari progetti. A patto, logicamente, che le persone selezionate fossero scattanti, dinamiche, intraprendenti e tutti i bla bla bla del caso, ma che non credessero di essere la classica Confraternita degli Artistoidi Schizzati, Presuntuosi e Inaffidabili e tutti i bla bla bla del caso.

Paolo era stato scelto dopo quattro colloqui tra, mi aveva raccontato, ben trentanove candidati.

Per me è un autentico genio del computer, un cervello esplosivo tagliato apposta per quel lavoro: non saprebbe sbucciare una mela o gonfiare la ruota di una bici, ma con un mouse in mano e il cervello acceso è davvero il numero uno. Tant'è che sia Mark che Conti erano contentissimi di lui, anche perché grazie al suo spot delle custodie Vi-Bra – con tutto che non era proprio facile valorizzare un prodotto con un nome così del cazzo – mandato in tv e sul web, il prodotto aveva aumentato le vendite del centoquindici per cento in appena due mesi.

Poi Stefania, la solita stronza derelitta che odia chi piace ai capi perché lo vede come un possibile rivale per la sua arrampicata sociale, aveva messo in atto una campagna di mobbing suicida che l'aveva costretto ad andarsene. Non che lui ci fosse rimasto male, anzi: s'è fatto fare da garante dal padre per chiedere un piccolo prestito (altrimenti è sempre il solito discorso: a chi non ha un lavoro fisso i prestiti col cavolo che li concedono) e si è aperto uno studio in proprio. Tra l'altro sta già guadagnando benone, meglio che qui. Ma dover dare le dimissioni per mobbing non è mai una gran bella esperienza.

<Paolo79> Oh, dove k sei finito? Ti ha beccato la puttana???

<Cla1000> Negativo, tutto sotto controllo.

<Paolo79> Allora, stadio o no?

<Paolo79> Dobbiamo fare i biglietti!

<Paolo79> Non vorrai prenderli dai bagarini...

<Cla1000> Prezzo?

<Paolo79> 20/25€. Anticipo io!

<Paolo79> Lo so che lavori in MRW!!! ;-)

<Cla1000> Stipendio in tasca, no problem x i soldi.

Sì, ok: «Ho preso lo stipendio». Ma intanto:

1) 100 euro sono volati via perché li dovevo restituire a Teo;

2) 350 euro mi vanno via domani per l'affitto e le spese;

3) i 115 euro che la MRW mi deve di rimborso per Barcellona, per non so quale menata burocratica in amministrazione, mi verranno accreditati solo il mese prossimo...

<Paolo79> Ke altro t'infarta?
<Cla1000> La deadline del piano mkt di Ka-Ty...
<Paolo79> State messi così da panico? :-O
<Cla1000> Come sempre! Ma forse entro next week ce la facciamo.
<Cla1000> Quanto tempo ho x decidere?
<Paolo79> Dieci secondi... nove... otto... sette...
<Cla1000> Ok vengo. Mi stacco che c'è Stefania!
<Cla1000> Bye!

Ma sì, una serata allo stadio si può anche fare, per una volta. Oltretutto non ci vado da un secolo e Inter-Bologna è semplicemente imperdibile.

La cosa che mi stupisce sempre, però, è che i benpensanti santoni-psicologi-opinionisti della situazione non fanno che dire che «i gggiovani non hanno valori, non hanno interessi, non hanno passioni, non hanno cultura, non hanno voglia di uscire, di socializzare» e tutte 'ste stronzate qua, ma poi dovunque ti giri, qualsiasi cagata tu voglia fare, ti partono scariche di soldi da non rendersene neanche conto. Come si fa ad avere interessi o voglia di uscire quando a teatro con meno di 30 euro non entri; allo stadio o ti abboni per tutta la stagione (la piccionaia al terzo anello è pur sempre 135 euro, mica noccioline), oppure di volta in volta ti tocca pagare il biglietto col rischio di non trovarlo (anche perché se li comprano tutti i bagarini e li rivendono al doppio); i libri non costano mai meno di 10 euro, tra un po' nemmeno quelli in edizione economica o tascabile; i cd non ne parliamo nemmeno; i ristoranti sono cari ammazzati e nei fast food si mangia di merda; i concerti vanno dai 35-40 euro in su; gli showcase gratuiti sono quasi sempre riservati alla stampa; giocare un'ora a tennis d'inverno costa minimo 20 euro... Ed è tutta roba di consumo istantaneo, nel senso che poi non ti rimane niente, se non il ricordo e lo scontrino o la contromarca del biglietto.

È assurdo.

Anziché continuare a inventarsi feste di minchia come la Festa degli Innamorati, la Festa della Mamma, del Papà e di mia nonna in carriola solo per vendere mimose, cioccolatini, pipe, pippe e Dio solo sa cos'altro, perché non fanno la Festa dei Giovani o la Festa dei Disoccupati, in cui per un giorno si paga tutto la metà? All'università mi hanno insegnato che se un prodotto costa x e lo comprano in dieci, è possibile che se costa la metà di x lo comprino in cento, non in venti... Quindi secondo me potrebbe essere un business lo stesso. Ma almeno, per un giorno, chi vuole andare a teatro, al cinema, allo stadio o in discoteca potrebbe farlo senza prima doversi mettere a fare calcoli ed equazioni!

«Tu che dici, Gloria: ce la facciamo a finire 'sto piano promozionale senza doverci portare il lavoro a casa?» chiedo alla mia collega rientrando dalla pausa pranzo. Oggi ho voluto sperimentare un nuovo negozio che hanno aperto non molto distante dall'ufficio dove fanno zuppe, centrifugati di frutta e verdura, frullati e macedonie: diciamo «una sana alternativa» al panino e al trancio di pizza, anche se tra andare, mangiare e tornare sono riuscito a rientrare in tempo per puro miracolo, già rassegnandomi a rinunciare alla palestra e a fare una maratona di drittoni come ai tempi dell'università.

«Guarda che non manca molto, stai tranquillo Claudio: dobbiamo solo ricontrollare voce per voce tutti i tabulati, correggere la relazione e farla rilegare... Con la presentazione in Power Point come sei messo? Hai corretto quello che ti avevo detto?»

«Praticamente finita, sì.»

«Beh, allora siamo proprio a buon punto.»

Quasi non posso crederci. Manca poco che mi commuova: sei mesi di sbattimenti, di casini, di contatti, di prove, di discussioni, di indagini di mercato, di marchette (anche se di quelle se n'è occupata direttamente Stefania, che è il suo mestiere fatto e finito), di imprevisti e di varie ed eventuali mi passano davanti come una scia di luce negli spot dei detergenti e confluiscono in quelle quindici/venti pagine di presentazione in Power Point che ho di fronte a me sul monitor del pc.

Ka-Ty, dalla mia testa, si trasformerà in spot tv e web e promozioni in-store. Il mio «bambino» sta per diventare grande, e ripercorro la sua vita – breve per lui, lunghissima per me – dal giorno in cui mi è stato affidato il progetto a oggi. Ed è come riprovare le stesse sensazioni, tra entusiasmi e sogni di successo.

A parte tutto, non ringrazierò mai abbastanza Mark per avermi dato questa opportunità. Anche se so benissimo che, dopo, potrei ritrovarmi di punto in bianco disoccupato. Ma oggi vanno così le cose: per quanto bene tu possa lavorare, se l'azienda ritiene di non avere i fondi per te – perché deve pagare alberghi a cinque stelle, autista, vizi e stravizi alla dirigenza – la tua sorte è segnata. Poi vallo a raccontare, quando mandi in giro il curriculum, che sei rimasto un anno nello stesso posto di lavoro perché o eri in stage, o eri interinale, o eri co.co.pro. e che dopo ti hanno lasciato a casa per prendere un altro che gli costasse meno.

Sì, perché tutti la menano con 'sta pugnetta della flessibilità (non sarebbe meglio saper fare bene una cosa, anziché non saperne fare tremila?), poi però un mese fa sono andato a fare un colloquio dal più grande editore di Milano e la prima cosa che mi hanno chiesto è stata: «Ma perché i tuoi impieghi fino a oggi sono durati tutti così poco? Per caso litighi con i colleghi?». Testuali parole.

E allora vaffanculo.

Torno al mio lavoro e mentre sostituisco le immagini della presentazione, mentre correggo e riscrivo i testi (Stefania ha avuto da ridire perfino sulla scelta della font: «Ma che schifo, questo lettering... Sembra un libro di fine Ottocento!» ha liquidato con odiosa saccenza un normalissimo Georgia corsivo. «Via, via. Ka-Ty è giovinezza, Ka-Ty è dinamismo, Ka-Ty è vitalità... Non voglio vedere 'sta roba da Belle Epoque!») e aggiungo tutto quel bel campionario di effetti e dissolvenze che fa proprio tanto «riunione aziendale»... Mentre faccio tutte queste pratiche di taglio e cucito last-minute, insomma, sento dei passi venire verso la mia scrivania. È Stefania, che ancheggia impettita sistemandosi gli occhiali come fa quando è veramente incazzata. In mano ha un paio di fogli. Non riesco a staccare lo sguardo dalle sue ginocchia – se sapesse che le guardo le ginocchia con tutto quello che fa per mettere in mostra ben altro, sospetto che la mia posizione si aggraverebbe ulteriormente – perché mi sembra che scandiscano perfettamente lo scorrere dei secondi che mi separano dall'Apocalisse.

Tre... due... uno.

«Adesso Claudio sarà meglio che mi spieghi cosa diavolo è questa roba!»

9

Anna

La strada è buia, illuminata solo dai fari delle auto in coda e dalle vetrine dei negozi (il sole cala presto, in questa stagione) e io cammino avvolto dai rumori della città, dai clacson, dai vaffanculo degli automobilisti. Cammino piano, come al rallentatore, mentre tutto ciò che scorre al mio fianco è un fiume in piena: i ragazzi che parlano al cellulare, le signore che portano i sacchi della spesa, i commessi che escono dai negozi. Che ore saranno? Sono senza orologio e il cellulare si è scaricato. Il freddo mi taglia in due: fortuna che stamattina ho preso la sciarpa di lana che mi ha regalato mamma quando mi sono trasferito a Milano («Guarda che in città fa freddo, non è come qua da noi... Copriti, bambino mio, mi raccomando!»), altrimenti rischierei di assiderare.

In mano ho il sacchetto della Feltrinelli. Stefano mi ha convinto a comprare un libro: *Fahrenheit 451* di Ray Bradbury. Quando è uscito, lo hanno classificato come fantascienza, eppure quello che c'è scritto, poi, è successo davvero. O per lo meno così sostiene Stefano: Bradbury cinquant'anni fa ha profetizzato un modo superprotetto, ordinato, in cui i libri sono messi al rogo. Un po' come Orwell in *1984*, che cinquant'anni fa ha previsto che un giorno tutti saremmo stati controllati dal Grande Fratello.

La sapevano lunga, loro. Molti non riescono ad accorgersene nemmeno adesso che la cosa è ormai sotto gli occhi di tutti.

Stefano me ne ha parlato come di «detersivo allo stato puro per la mente»: conosce i miei gusti abbastanza da fidarmi a occhi chiusi, così ho cacciato di tasca 8 euro senza farmi troppe pare.

In verità alla Feltrinelli ci ero andato per dare un'occhiata ai nuovi arrivi discografici, come ogni venerdì. Ma si sa come va a finire in questi santuari di «cultura da asporto»: basta che ti cada l'occhio su un titolo o su una copertina per innescare un meccanismo fatale di associazione di idee che ti distrae completamente dai tuoi propositi iniziali e ti catapulta da tutt'altra parte. Così, quando ho visto la colonna sonora di *Ray* tra le promozioni a 9 euro e 99, mi è venuto d'istinto il flash di Ray Bradbury e mi sono ritrovato alla cassa con il libro in mano in qualcosa come trenta secondi.

Mentre continuo a compiacermi del mio acquisto, ripromettendomi di iniziare a leggerlo appena arrivato a casa, inciampo distrattamente in un gigantesco carrello della spesa ricoperto di sacchi, sacchetti, pacchettini.

«Ohi giovanotto, sta' attento! Mi butti giù tutto se non guardi.»

È una barbona. Una delle tante che ci sono a Milano, a ogni angolo di strada. In periferia come in pieno centro. Ha ragione a lamentarsi, non stavo guardando minimamente dove mettevo i piedi. Ma stranamente non urla e non si incazza. Io mi fermo di colpo e mi si stampa una strana espressione da ebete sul volto. Farfuglio un «Mi scusi» di cortesia, mentre lei mi fissa senza nemmeno sbattere le palpebre. E come faccia, con 'sto freddo, lo sa solo lei.

«Almeno rimettilo a posto» mi dice indicando il carrello, più come se mi chiedesse un favore che se mi stesse dando un ordine.

Le risistemo «la casa» in quella che immagino fosse la sua posizione originaria e mi accorgo che non ha solo quel carrello. Ne ha un altro. E ha anche una sedia di plastica, di quelle da pic-nic. Quelle che tutti adoperano ma che non si sa perché quando le vedono gli fanno sempre schifo.

Ecco, non credo che a lei faccia schifo.

Non ho la più pallida idea di chi sia questa donna: per me i barboni sono uguali, si assomigliano un po' tutti. Non so nemmeno cosa ci faccia qui e se voglia stare da sola senza che qualcuno le ronzi intorno, ma la sua cordialità mi incuriosisce e istintivamente sento il bisogno di aiutarla. E intanto che mi perdo a immaginare tremila storie che mi raccontino come ha fatto a ridursi in questo modo, la vedo che guarda un negozio di biancheria intima con la saracinesca già abbassata ma le luci della vetrina accese.

«Me la mettevo anch'io, una volta, questa roba qui...» attacca.

Quanti anni potrà avere adesso? Forse una cinquantina. Forse qualcosa meno. Ha un piumino che la ricopre dalla testa, col cappuccio, fino ai piedi. Scarpe da ginnastica mezze scollate, di un modello vecchissimo. Chissà da quanto non se ne compra un paio.

Si siede, da un sacchetto tira fuori un Mc Chicken freddo e stopposo e lo morde.

Io non riesco a toglierle gli occhi di dosso, non riesco a pensare una sola parola che non sia una banalità. Rimango zitto. «È buono» accenna.

«Bene, signora...» rispondo un po' goffamente.

«Dammi del tu, giovanotto: sono una barbona, mica una signora.»

È sagace. Sagace e ironica. Ricordo che avevo visto un paio di puntate di una trasmissione sui barboni, un po' di tempo fa, e avevo provato lo stesso slancio di meraviglia nello scoprire che alcuni non sono affatto dei fuori di testa come se li immaginano tutti. C'è anche gente che ha conservato perfettamente inalterate le doti che aveva... Che aveva prima, nella vita *normale*.

Mi siedo accanto a lei, su uno di quegli enormi panettoni spartitraffico semoventi con le lucette a intermittenza. Mi sembra di essere tornato bambino, quando mia mamma mi diceva sempre che dovevo fare le «buone azioni». Frugo in tasca, cerco il portafoglio, lo tiro fuori e prendo 10 euro. Glieli allungo senza sottilizzare troppo sulla voce di bilancio. Lei continua a mangiare il panino, i soldi nemmeno li guarda.

«Prenda, sono per lei.»

«Non mi servono i soldi, giovanotto» mi spiega quasi sorridendo. «Ne hai più bisogno tu. Lo so che per voi giovani la vita è un casino. Vi fanno lavorare dodici ore al giorno, vi danno quattro soldi in croce e dopo sei mesi se gli chiedi qualcosa in più ti licenziano pure!»

Provo a insistere, ma sono stupefatto dalla lucidità con cui mi parla. La conosce bene, la nostra società. Eppure, a vederla, è una di quei barboni venuti da chissà dove che nessuno ci si ferma mai vicino per paura di farsi venire il voltastomaco.

«La prego... Si compri un altro panino, almeno.»

«Non mi servono, ti dico!» alza un po' la voce per convincermi. «Da Mc Donald's mi danno tutti i giorni il menù completo, la gelataia mi porta coni e frullati di frutta e al bar lì davanti mi offrono anche il caffè... Cosa credi? Mi trattano bene qui in centro, sai, giovanotto? È per questo che me ne sono andata dalla stazione: lì se ti va bene ti insultano, se ti va male ti accoltellano. Questa sì che è casa mia...»

Due carrelli ricoperti da sacchetti che contengono chissà che, una sedia e un panino di gomma. Questa è «casa sua».

«Non perdere il tuo tempo con me... Non hai una ragazza con cui uscire? È venerdì.»

«Uscire a Milano costa troppo, non me lo posso permettere.»

«Hai ragione, ma per amore qualche sacrificio bisogna pur farlo, no?»

Già, «qualche sacrificio». Se sapesse quanti «qualche sacrificio» ho fatto io per Eleonora, e non soltanto in termini di soldi... E fortuna che questo doveva essere il famoso weekend «due giorni tutti per noi»: ieri ho provato a chiamarla e aveva sempre il cellulare staccato, poi stamattina m'ha mandato lei un sms: *«Fine settimana incasinata col lavoro, ti bacio»*.

«Ma tu come ci sei finita qui?» le chiedo prendendo fiducia e sciogliendo un po' il mio imbarazzo iniziale.

«Io l'ho scelto, di vivere per la strada. Non mi ci ha mandato nessuno. Sono rimasta vedova a trentanove anni e col lavoro che facevo non riuscivo a pagarmi da sola la casa, così dopo qualche mese ho deciso di venire a vivere in strada. Almeno finché non mi faranno pagare anche questa.»

Si ferma un attimo, dà un altro morso al panino e con la manica si pulisce la bocca.

«Quando fa troppo freddo potrei andare al dormitorio, ma preferisco stare qui: guardo la gente che passa, leggo i giornali, parlo coi negozianti. Qui vedi come va il mondo. Ai miei tempi bastava un sorriso, per sentirsi felici. Oggi più nessuno cammina per strada sorridendo: tutti a correre col muso lungo pensando a chissà cosa.»

Non predica, quando parla. È posata, cerca di pronunciare correttamente ogni parola anche mentre mastica il panino.

«Quanto guadagni tu al mese, giovanotto?» mi chiede.

«1000 euro. Poco più di 1000 euro...»

«Sei laureato?»

«Sì... Da tre anni.»

«Allora sta' tranquillo: l'altro giorno ho letto sul giornale che a quattro anni dalla laurea, in Italia, lo stipendio medio è di 1200 euro. Tra un anno sarà il tuo momento.»

Punti di vista.

Alzo la testa. Davanti a me vedo tutti i colori dell'arcobaleno schierati in abito da sera, pronti a indicarti la strada per una nottata fantastica. Per un weekend fantastico. Per una vita fantastica.

A me stasera è bastata una barbona, per capire quanto troppo spesso sbagliamo a fissarci sulle cose, a decidere quello che conta per noi, a stilare una lista delle priorità, a valutare ciò che è dovuto e ciò che non lo è, ciò che è fattibile e ciò che non rientra nel ventaglio delle nostre possibilità. Una piccola lezione di sociologia migliore di molti manuali da trecento pagine di bla bla bla che mi sono dovuto pippare all'università.

E tra un anno sarà il «mio momento».

«Grazie per la fiducia. Grazie soprattutto per i

suoi consigli...» lascio la frase in sospeso allungando la i per invitarla a rivelarmi il suo nome.

«Anna.»

«Grazie, Anna.»

Mi guarda un po' stupita e sorride.

«Tu sei proprio un bravo giovanotto! Chi ti sposa sarà felice. Scommetto che anche tua mamma è fiera di te.»

Sì, è così. Anche se ogni tanto tendo a dimenticarmelo.

Quello che mi ha detto la barbona mi inorgoglisce. Non posso andarmene senza essermi sdebitato. Le riallungo il deca, questa volta se lo infila in tasca. Poi rialza lo sguardo.

«Se un giorno ripassi dal corso, salutami. Ora vai a casa, dài, che fa freddo. E io devo prepararmi per la notte.»

Accenno un timido sorriso, la saluto nuovamente e mi infilo in metropolitana.

10

una vita *low-cost*

Sono quasi le nove, quando arrivo a casa. Per tutto il tragitto non ho fatto altro che pensare a lei, ad Anna. Ma soprattutto alla telefonata di Stefania. Mi ha chiamato sul cellulare per scusarsi della sfuriata in ufficio, quando mi si era parata davanti minacciando e sventolando strani fogli. Per fortuna la cosa si era fermata lì, perché le era squillato il cellulare e io ne avevo approfittato per dileguarmi, visto che erano ormai le sei. Però mi era rimasto il terrore che avesse trovato qualcosa di compromettente con cui incastrarmi e farmi fare la stessa fine di Paolo. Invece si trattava solo della prima versione del piano marketing di Ka-Ty: siccome credeva che fosse quella definitiva, si era incazzata perché non c'erano le correzioni (sai che correzioni...) che mi aveva imposto lei. Ha poi trovato sulla sua scrivania la versione corretta e mi ha chiamato subito per scusarsi. Comunque, il suo atteggiamento mi è sembrato strano: al telefono sembrava diversa, chissà quali sono le sue reali intenzioni.

Metto sul fuoco la padella, prendo dal freezer un sacchetto di pasta surgelata (tagliatelle al sugo in offerta al discount a 1 euro e 75) e dalla fretta la butto dentro senza nemmeno mettere l'olio. Sento uno strano odore di bruciato (tagliatelle alla piastra? Potrebbe essere un'idea originale) e verso sulla pasta due bicchieri d'acqua a casaccio, dopodiché aspetto i quattro minuti indicati sulla confezione. Rovescio tutto nel piatto, aggiungo un po' di peperoncino, amen. Una vera delizia...

«Ma tu una volta non eri quello che "Le tagliatelle o me le fa mia mamma o niente"?»

Ross mi prende sempre in giro sul mangiare. Dice che cambio gusti in base alle offerte dei supermercati. Ha ragione: quando c'è quella invitante non me la faccio certo scappare, anche se non mi butto a pesce su tutto quello che strillano i cartelloni, come dice lei. Certo, le tagliatelle non saranno mai come quelle che fa mia madre, ma per 1 euro e 75 valeva la pena di provare. E devo dire che vanno più che bene. Sicuramente meglio delle solite penne al pomodoro.

«Guardiamo un film? Su Italia 1 danno... Come si chiama? Dài, quella commedia americana un po' scema, *American Pie*. Che ne dici?»

«Ma Ross, è una cagata bestiale! Non c'è altro?» la smonto senza pietà.

«*ER* su Rai Due.»

Vada per i *Medici in Prima Linea*. Anche se già alla prima scena sto per vomitare le tagliatelle: come si può far vedere un'operazione a cuore aperto a uno che sta mangiando? Bah, forse non si aspettano che a quest'ora la gente sia ancora a tavola. Pensare che a Milano i ristoranti cominciano a riempirsi dopo le nove, ed è alle dieci che c'è il massimo della ressa. È stata una delle prime cose che mi ha sorpreso, quando sono venuto ad abitarci, visto che in campagna, come si suol dire, «mangiamo tutti con le galline».

«Senti Ross, fai zapping, mi sta venendo l'angoscia con 'sta roba davanti agli occhi...»

Rossella sembra particolarmente servizievole, stasera, e obbedisce senza opporre la minima resistenza.

Su una tv locale c'è uno speciale di economia su caro prezzi delle case, affitti e sfratti. Una signora, sessantasei anni, aspetta l'ufficiale giudiziario. Non è morosa, ma il contratto le è scaduto e non glielo rinnovano. Il comune, proprio quello di Milano, non le ha ancora assegnato la casa popolare. E a Roma è lo stesso: tre ultra ottantenni aspettano il loro turno.

«Ross, non mi sembra il caso...»

«Ma io quella la conosco!»

«Quella chi?» le chiedo.

«Quella tipa lì, la senegalese. Fa la sarta in un negozio dove ho portato i jeans scuri a fare l'orlo, il mese scorso.»

Anche lei è sotto sfratto, e ha una bambina di sei mesi. Racconta che ha pianto la sera che non aveva i soldi per comperarle da mangiare. Fa impressione rendersi conto che un mondo che ti sembra tanto distante, quasi irreale quando lo vedi in tv, è invece lo stesso in cui vivi, con cui ti scontri e ti confronti ogni giorno, ogni attimo.

Ross rimette mano al telecomando e continua a fare una carrellata dei trentasei canali memorizzati nel televisore: telepromozione di case – pubblicità di pizzette – pubblicità di assorbenti – talk show di calcio – talk show di politica – cabaret tipo Bagaglino – cartomante – pubblicità di crociere – cartomante – pubblicità del Mar Rosso – cartomante – pubblicità della Calabria – cartomante – pubblicità di Trenitalia...

Alcuni santoni del marketing dicono che i messaggi subliminali sono il metodo migliore per promuovere un prodotto. Io non ne sono così convinto, eppure nel veder scorrere tutte quelle reclame di viaggi, crociere e vacanze varie mi si accende una lampadina: non ho ancora pensato a come far fruttare i due giorni di ferie che mi ha concesso Mark. Rimanere a Milano senza far niente non se ne parla, tornare giù a casa dai miei... naaa, non saprei come passare il tempo. Quasi quasi sarebbe l'occasione giusta per un viaggetto: niente di che, una cosina veloce in Europa, così, per staccare la spina e ricaricare le batterie senza pensare ventiquattrore su ventiquattro al lavoro e a Eleonora, a Eleonora e al lavoro...

«Senti Ross, te l'avevo detto che Mark mi ha

dato due giorni di ferie? Perché non andiamo via un week-end?» le chiedo senza troppi preamboli (e senza troppo bon ton) mentre mastico le tagliatelle.

«Ma dove, scusa? E soprattutto: con che soldi?»

«Dove non lo so... Ho letto su internet uno speciale su Berlino: diceva che ci sono un sacco di eventi importanti, di posti interessanti. Non ci sono mai stato, ma me ne hanno sempre parlato benissimo Gianni e Roberto, che ci vanno praticamente tutti gli anni sia a Capodanno che in estate.»

Da come Ross mi guarda, deduco che Berlino potrebbe interessarle. Ma servono i soldi.

«Quanto ai soldi... Sai che facciamo? Adesso lavo i piatti, poi ci fiondiamo su eBay e vendiamo un po' di quella robaccia che sta nello sgabuzzino. Sono tutti scatoloni impolverati che né io né tu abbiamo mai aperto: adesso finalmente serviranno a qualcosa!»

«Starai scherzando, spero. Come pensi di raccattare i soldi per un viaggio a Berlino vendendo del ciarpame su eBay?»

«Ciarpame?!? Non so la tua, ma la mia è tutta roba nuova, tesoro. Solo che mi è completamente inutile, adesso. E poi guarda che non dobbiamo mica tirar su dei miliardi, bastano 150-200 euro, tra viaggio *low cost* e ostello. Comincia a tirar fuori la tua roba, che ti raggiungo appena ho messo a posto la cucina.»

Non faccio in tempo a voltarmi per risciacquare

padella, piatto e forchetta che sento i passi di Rossella verso lo sgabuzzino. Non ha detto niente, ma evidentemente si è accorta che l'idea non è del tutto folle. Soprattutto perché su eBay si riesce a vendere veramente di tutto, in tempi brevissimi e spesso con risultati al di sopra di ogni più ottimistica previsione.

Sì che ce la facciamo, a pagarci 'sto benedetto viaggio.

«Allora?» le grido avviandomi a mia volta verso il ripostiglio. «Cos'hai trovato?»

«La vecchia collezione di *Dylan Dog* col numero uno originale, i vinili degli U2, i miei libri dell'università, le videocassette di tutti i film di Tim Burton, i giornali con Johnny Depp, questo orrendo coordinato di tovagliette di Hello Kitty che mi ha regalato mia cugina di nove anni per il mio compleanno... Quanto dici che ci possiamo ricavare da 'sta roba?»

«Tu lascia fare a me. Non sai cosa sarebbero disposti a fare, i collezionisti, per "'sta roba", come la chiami tu. Spostati un attimo, che tiro giù anche la mia.»

Da un ripiano in cima a uno scaffale Ikea passo una alla volta a Rossella le scatole e gli scatoloni con la scritta «Claudio».

«Apri un po'...»

«Una radio!»

«È quella che avevo in collegio, funziona ancora perfettamente. E poi ha addirittura il televisorino incorporato: perfetta per i pic-nic!» dico con un tono da televendita già pregustando i messaggi promozionali che scriveremo su eBay per disfarci di tutte queste cianfrusaglie.

«Che hai?» domando a Rossella vedendola nuovamente perplessa.

«Cla, non ci credo: sei pieno di sorpresine dei Kinder...»

«Ehm...» mi schiarisco la voce con un colpetto forzato di tosse. «Vabbe', chi non ha qualcosa di cui vergognarsi?»

E giù a ridere.

«Sai che valgono un patrimonio? Sono tutte collezioni complete! Un giorno sono passato davanti a un negozietto dalle parti di viale Monza e le faceva pagare 50 euro l'una... Le collezioni, intendo, non ogni singola sorpresa.»

«Eh?!? 50 euro 'ste cagatine?»

«Fidati.»

Ammasso tutta la mia roba da una parte – il piatto forte è l'album di autografi, che ho tenuto dai diciotto ai ventitré/ventiquattro anni, con almeno un centinaio di Vip, presunti tali e meteore di ogni genere beccati ai concerti, nei camerini dei teatri o in giro per la strada: c'è gente che ci perde la testa, per questi – e tutta la roba di Ross dall'altra.

«Prima non dovremmo guardare esattamente quanto ci costano l'aereo e i pernotti?» chiede Ross titubante.

«Sì, hai ragione: accendo il pc e te lo dico subito.»

Ci spostiamo in camera mia e Rossella si tuffa sul letto con la testa protesa verso il monitor, come se stesse aspettando chissà quale rivelazione.

Mentre aspetto che si avvii Windows vado a prendere una birra dal frigorifero e ne bevo un sorso, poi la passo a Ross.

Apro la pagina web dei voli *low cost* e faccio surfing tra offerte e tariffe internazionali: «Se andiamo il mese prossimo sono 62 euro! 62 euro Malpensa-Berlino andata e ritorno, tasse comprese. Niente male, tu che dici?».

«Niente male davvero.»

Girare l'Europa con le compagnie *low cost*, effettivamente, è un vero affare. Basta solo prenotare il volo con un po' di anticipo e finisci per spendere meno che per una cena in un ristorante di Milano.

Mi sposto su Google e digito «"ostelli" + "Berlino"» per cercare gli ostelli più economici. In pochi secondi ne trovo uno da 16 euro a notte.

«Senti qua, Ross: se partiamo venerdì mattina e torniamo lunedì pomeriggio sono tre notti. 16 euro per tre fa 48 euro. In tutto, tra viaggio e dormire, servono 110 euro. Che te ne pare?»

«È fico!» mi risponde Rossella sempre più entusiasta ed eccitata.

«Ovviamente, poi, dovremo comprarci da mangiare. E se vogliamo andare in qualche locale saranno altri 10-15 euro a serata, ma a questo punto sarebbe esattamente come restare a Milano...»

«Fantastico! Quindi con eBay dobbiamo raccattare 110 euro a testa?»

«*Minimo* 110 euro. Ma vedrai che riusciamo anche a portarci a casa qualcosa in più... A questo punto non resta che darci dentro con le aste.»

Un'idea grandiosa: vendi la tua roba su eBay standotene in poltrona e ti fai pagare con un accredito su un conto online senza muoverti da casa. Più facile di così...

«Prendi la digitale di Matteo, Ross! Tanto prima che torni potremmo fare anche un servizio per *Vogue* e non si accorgerebbe di nulla...»

«A cosa ti serve la digitale di Matteo?»

«A fare delle foto a tutto questo ben di Dio, naturalmente! Io intanto comincio a scrivere i teaser.»

«I che? I *diesel*?» mi grida dalla stanza di Teo.

«I teaser... Gli strilli promozionali! È o non è il mio lavoro, in fondo?»

Sì che è il mio lavoro. E stavolta vedrò di farlo fruttare meglio che in MRW...

11

botte e bollette

Matteo è come paralizzato, appoggiato alla sedia di legno con lo sguardo fisso nel vuoto.

Ross, insolitamente pallida, trattiene a stento le lacrime sforzandosi di non darlo a vedere.

Alessio è sparito, forse è addirittura uscito di casa. D'altronde, spaccare letteralmente in due un lettore dvd è una scena da film di Bruce Lee, più che da vita reale.

Io ho gli occhi che saltellano dal dvd a Ross a Teo e da Ross a Teo al dvd. Non so se piangere per il lettore, incazzarmi con Matteo, prendermela con me stesso, inveire contro Alessio o buttarmi tra le braccia di Rossella.

[Quaranta minuti prima]

«Ragazzi, sveglia! Siete ancora a letto?»

È la voce di Rossella che echeggia per tutta la casa. Sarà metà mattinata. Ieri sera sono andato a letto abbastanza presto e adesso è già un bel po' che ho aperto gli occhi.

«Buongiornoooo!» urlo dalla mia stanza mentre mi stiro i muscoli e mi libero a fatica delle coperte.

In cucina c'è anche Alessio che fa colazione leggendo «L'Avvenire», mentre di Teo nessuno ha notizie. «Secondo me sta ancora dormendo» accenna Alessio senza distogliere gli occhi dalle pagine del quotidiano.

«Sono arrivate le bollette: luce e gas. Apriamo?» chiede Rossella brandendo per aria il consueto paio di buste malefiche.

«Oddio, no! Non vorrai rovinarci il weekend» taglio corto io per sdrammatizzare.

Le bollette che arrivano di sabato sono come l'ufficiale giudiziario che bussa alla porta il giorno di Natale. Non si capisce perché non te le recapitino durante il resto della settimana: sembra che lo facciano apposta per mandarti in malora il weekend.

Io voto per aspettare ad aprirle lunedì.

Alessio, invece, le prende dalle mani di Rossella e, quasi senza nemmeno sentire le mie obiezioni, le apre.

Elettricità: 74 euro e 50. Tutto regolare, meno di 19 euro a cranio. Un risultato più che soddisfacente.

Energia (cioè il gas): 371 euro e 60.

371 euro e 60? Impossibile.

«371 euro e 60? Merda, ma è impossibile!» sentenzia Alessio lasciandosi perfino scappare una delle sue rarissime parolacce. Dev'essere veramente incazzato nero. Infatti ripiega velocemente il giornale, lo lancia sul divano e ricontrolla la bolletta leggendo e rileggendo tremila volte ogni singola voce, compresi i proverbiali asterischi scritti a fondo pagina in carattere microscopico. Ross, che stava lavando la tazza del caffè, chiude l'acqua e rimane immobile di spalle con le mani nel lavandino. Io cerco a mia volta di allungare l'occhio sulla bolletta, ma Alessio se la appiccica al naso quasi a volerne trovare la filigrana.

371 euro e 60.

«Non è che hanno messo un anticipo per i consumi dei prossimi mesi?» prova a chiedere Ross, risvegliata dal suo momentaneo fermo immagine. «D'inverno si spende un botto col riscaldamento autonomo! Di solito a 'sta cifra ci arrivavamo nella bolletta di primavera, che è quella che racchiude tutte le spese dei mesi freddi... Magari hanno solo fatturato in anticipo i consumi, no?»

No. I consumi fatturati sono proprio quelli dei mesi scorsi. E con il riscaldamento spento o a basso regime, non abbiamo mai superato gli 80/100 euro.

Alessio si alza nervosamente e va verso l'armadietto del contatore. Svita la parete di compensato che lo copre e legge: 29.133.

«Qui ci hanno segnato fino a 29.068. Quindi il consumo fatturato è giusto» sentenzia con tono secco.

«Ma come cazzo è possibile? Mi dici come abbiamo fatto a consumare tutto 'sto gas?» attacco sentendomi bollire il sangue per il nervoso.

«Non è che vi siete fatti la doccia dieci volte al giorno, per caso?» interviene Alessio buttando lì la prima cosa che gli passa per la testa.

«Stronzate, Ale. 371 euro non si spiegherebbero nemmeno se la doccia se la facesse un reggimento!» replico io provando a stemperare le sue reazioni.

Mentre le domande e le risposte continuano a susseguirsi senza arrivare a nessuna conclusione, dalla sua stanza si materializza lo zombie di Matteo che fa quattro passi e si stravacca sul divano.

«'Giorno, ragazzi. Che aria da funerale che avete... Vi è morto il gatto?» accenna con tono totalmente rincoglionito.

«No, Teo: è semplicemente arrivata la bolletta del gas: 371 euro, fai te!» lo informa Ross stizzita.

«Eh? Ma sarà mica per quella perdita...» chiede Matteo candidamente, come se quella cifra per lui fosse un bicchier d'acqua.

Perdita? Di quale cazzo di perdita sta parlando?

«Perdita? Di quale cazzo di perdita stai parlando?!?» lo aggredisce a bruciapelo Alessio. Così aggressivo non lo avevo mai né visto né sentito: è letteralmente infuriato.

«Scusate, credevo di avervelo detto. Ho incontrato l'amministratore un mese fa: pare ci fosse una perdita sui tubi esterni... Cazzo, forse mi aveva detto che bisognava avvertire l'Enel per fare uscire un tecnico e cose del genere, che altrimenti ci sarebbe finito tutto in bolletta.»

«E non l'hai avvertita?» lo provoco sapendo già la risposta.

Va bene che vive alla leggera, ma certe cose non si possono lasciar passare: è una questione di responsabilità e di rispetto della convivenza. Passi che non fa un cazzo dalla mattina alla sera, passi che non lava e non pulisce una sola volta gli spazi comuni, passi che torna regolarmente alle quattro di notte facendo un chiasso della Madonna, passi tutto il resto, ma sui soldi non si scherza, perché sia per me che per Ross e Alessio 60/70 euro di spese extra fanno la differenza. Eccome. Certo: a Teo non gliene frega niente perché «tanto paga il papy», ma quando questo modo di fare causa un danno a tutti, allora no, non ci sto più.

«Porca troia Teo, ma vaffanculo! Ti rendi conto che metti nei casini tutti con 'sto tuo modo di fare sempre il cazzo che ti pare?» gli inveisco contro.

«Oh, raga, vi ho chiesto scusa... Che altro vi devo dire? Mi sarò dimenticato...» si difende lui.

«Oh, pirla! Non basta dire "Mi sarò dimenticato"! Te ne rendi conto che adesso siamo tutti nella merda? E la colpa è solo tua» aggiunge Ross sulla buona strada per un ictus.

La discussione va avanti a toni di voce sempre più alti tra accuse isteriche e giustificazioni assurde. È tutto un montarsi e uno smontarsi a vicenda: io e Ross che ce la prendiamo, Matteo che accampa scuse senza senso, Alessio che molla la presa e preferisce rimanere zitto (lui e Matteo non hanno quasi nessun dialogo in condizioni normali, figuriamoci in queste), cominciando a muoversi sempre più nervosamente per la stanza. Ma quando Teo si alza con un'aria da «Ma-che-me-ne-frega-a-me-di-'sta-cazzo-di-bolletta,-barboni!» (bisbigliando anche un «Che due coglioni!»), Ale esplode.

«"Che due coglioni!" lo vai a dire a tua madre, a tuo padre o a chi cazzo vuoi tu, idiota! A me non lo dici, hai capito? Eh, hai capito, idiota?» gli sbraita addosso. Poi lo prende per la maglietta e lo lancia sul divano. Cazzo, sembra posseduto.

Teo fa per rialzarsi, ma a quel punto Alessio, con la faccia gonfia di rabbia, gli si pianta davanti, lo guarda dritto negli occhi e alza il braccio per colpirlo. Non so cosa ancora lo trattenga. So solo che un istante più tardi Ale si gira su se stesso, urla un «Vaffanculo!» che penso lo abbia sentito mezza Milano, e scarica di getto un pugno da pugile professionista sul lettore dvd. Il *mio* lettore dvd.

Gli ultimi quaranta minuti ripassano più volte come una centrifuga davanti ai miei occhi.

Una bolletta extra large, un coinquilino rincoglionito, un altro impazzito, un lettore dvd ridotto in briciole: questo è il bilancio di quello che, in teoria, doveva essere un tranquillo sabato mattina.

La scena si svuota in maniera lenta e silenziosa. Teo rientra nei suoi «appartamenti», Ross ricomincia a lavare le tazze, io sistemo il salotto e mi chiudo in camera.

«Scusa Claudio,ma non ci ho visto più.Non so cosa mi è successo,scusami davvero.Vado a ricomperarti il dvd,a dopo.»

È un sms di Alessio.

Mi infilo un paio di pantaloni e un maglione ed esco per raggiungerlo. Tanto sarà andato sicuramente al negozietto in fondo alla strada: posti più economici, in zona, non ce ne sono.

Nel frattempo lo avviso con un altro messaggino: non mi va di colpevolizzarlo troppo, in questo momento, né di farlo sentire isolato. Certo, non saremo grandi amici, ma viviamo insieme da parecchio e tra noi ci sono sempre stati rispetto e stima reciproca.

Cosa gli sia preso, a lui che è sempre così pacato, calmo e razionale, non lo so. Ma come dargli torto? Ci fossi stato io, al suo posto, forse quel pugno l'avrei centrato dritto in faccia a Matteo, con conseguenze probabilmente peggiori di un lettore dvd sfasciato.

«Scusami ancora, Claudio... Non so cosa mi sia preso, non lo so proprio. Comunque ho telefonato anche a Matteo per scusarmi» mi fa Ale mentre salgo sulla sua macchina. E prosegue: «È che mi gira male da una settimana... Al giornale m'hanno dato una batosta che non mi aspettavo».

Alessio è impiegato alle Poste da qualche anno

(credo quattro), ma prima faceva il giornalista. O, almeno, ci provava. Poi il posto fisso ha vinto sull'ambizione, e così ha abbandonato i sogni di carriera per chiudersi in un ufficio otto ore al giorno. Con stipendio regolare, tredicesima, ferie pagate, ma senza le soddisfazioni che il giornalismo, forse, poteva regalargli. Adesso continua semplicemente a collaborare con una rivista di cinema: ogni tanto lo mandano a vedere i film in anteprima, un paio di volte ha portato pure me.

«Praticamente l'altra sera, dopo il lavoro, sono andato al giornale... Dovevo farmi dare delle indicazioni per un pezzo, che sembrava ci scappasse anche un'intervista alla Mezzogiorno. Invece poi, quando sono arrivato, la caporedattrice mi ha detto che le spiaceva, che le spiaceva tanto, ma il direttore aveva deciso di affidare l'articolo a un altro. E vuoi sapere chi è quell'altro? Il figlio di uno della Guardia di Finanza.»

Va così. Nell'editoria, a quanto mi racconta ogni tanto Alessio, ma non solo. Va così dappertutto.

Una sera guardavamo uno di quei programmi di approfondimento del telegiornale con una puntata speciale dedicata ai raccomandati. Me lo ricordo come si era imbestialito Ale, era montato su tutte le furie spiattellandoci che in quella rete almeno metà dei giornalisti assunti sono «figli di».

«Ale, non prendertela. Non credere che le raccomandazioni e le parentele esistano solo nei giornali. È così ovunque, in Italia: vige la legge della marchetta, dell'inciucio e della spintarella. Meritocrazia zero, amicizia mille.»

«Non è una questione di soldi...» riprende lui con aria rassegnata. «E non è nemmeno una questione di lavoro. Dal giornale tiro su 100/120 euro al mese, non è che se non li prendo più mi cambia la vita. Ma scrivere, andare al cinema, fare interviste, mi dà soddisfazione.»

Già, per Ale è come se, ogni volta, un po' si avverasse un sogno. Lo farebbe anche gratis, è fiero di raccontare alle persone che non conosce – ai lettori, insomma – qualcosa che poi può anche essere utile, non quattro frasi buttate lì tanto per riempire una colonna.

«Capisci Claudio, non trovo giusto che una raccomandazione, una stupida e stramaledetta raccomandazione, possa privarmi di tutto questo!»

È come togliere di mano un giocattolo a un bambino che non può e non sa difendersi. Gli do una pacca sulla spalla. Alessio sorride quasi a volermi ringraziare, con quel suo sguardo ancora ingrigito, di aver ascoltato il suo sfogo.

Nel frattempo raggiungiamo il centro commerciale («Niente negozietto, dài: andiamo direttamente al centro commerciale in viale Sarca, così ci facciamo un giro e magari la roba costa anche meno» mi aveva pregato appena ci eravamo trovati). Un po' di coda per il parcheggio e siamo dentro, in un trionfo di colori, cartelloni e voci registrate che presentano le offerte, musica dance di sottofondo e un'altra voce che augura buona giornata alla *shopping people* metropolitana.

Sembra di essere al luna park. Decine di bar e ristoranti, l'ipermercato, la libreria, il megastore dello sport e perfino il cinema multisala. Più una quarantina di negozi, e scale mobili che tagliano da un lato all'altro gli immensi coni di luce dell'atrio. La gente è stranamente entusiasta, come se ci fosse pure da festeggiare a tirar fuori soldi per comperare, comperare, comperare. Ci sono gruppetti di ragazze e ragazzi che stanno seduti sulle panchine, intere famiglie che mangiano al fast food o al chiosco della pizza al trancio, signore che mostrano le pettinature nuove e uomini che parlano di calcio davanti alla ricevitoria aspettando l'anticipo del pomeriggio.

È un mondo a parte, quello del centro commerciale: nella nuova geografia urbana, la piazza della città è stata sostituita dal foyer del centro commerciale, i monumenti sono diventati le pile di scatoloni dei prodotti in vendita sotto costo, il verde pubblico è incarnato dalle aiuole di plastica con annessa l'immancabile fontanella.

In questo continuo fluire di persone perfettamente miscelate con le vetrine, tra le luci e i manifesti promozionali, più incuriositi che spaesati, ci siamo anche noi. Io e Alessio.

«Entriamo all'IperCoop: ho la tessera-socio e magari c'è qualche supersconto che fa al caso nostro» rompo gli indugi decidendo anche per Alessio.

«Qui ce n'è uno da 39 euro, ma non è di marca... Poi invece ce n'è uno di marca ma costa 49 euro... E qua ce n'è anche uno a 69 in offerta... Quale prendiamo, Claudio? Io non me ne intendo proprio di queste diavolerie tecnologiche» confessa Alessio mentre cerca di confrontare prezzi e caratteristiche.

«L'importante è che legga i DivX, che se no ogni volta che scarichiamo qualcosa da internet ci tocca perdere sei ore per masterizzarla su dvd» gli spiego io.

Niente prodotto sottocosto, quindi: il lettore a 39 euro non va bene. Quello da 49, al contrario, ha tutto ciò che ci serve, e tra l'altro la marca è pure buona. Aggiudicato.

«Ale prendiamo questo: costa 49 euro… Ti va bene?»

«Ma non è meglio quello da 69, Claudio? Sul serio, non farti problemi...»

«Lascia perdere: hanno le stesse funzioni. Lì paghi il design e quattro cavi in più, ma la qualità è la stessa. Fidati.»

La mia spiegazione da perfetto esperto hi-tech desta l'attenzione di uno dei commessi, che mi fa un cenno di assenso.

In coda alla cassa, osservo la clientela dell'ipermercato: molte coppiette con bambino, molte signore di mezz'età, qualche single quarantenne (li riconosci subito dalla quantità di surgelati, precotti e insaccati che hanno nel carrello), ma anche una caterva di nostri coetanei, tutti impegolati nel fare calcoli e proporzioni. Non c'è dubbio, la mia generazione sa fare i conti meglio di una massaia degli anni Sessanta. Sono finiti i tempi del «Compro quello che mi piace»: adesso si compra quello che conviene. E, se conviene, magari si compra su internet, dov'è perfino più facile raffrontare offerte e tariffe.

«Cla, pensi di rimanere parcheggiato alla cassa fino a stasera?»

Alessio mi risveglia dalle mie elucubrazioni mentali e lentamente ci incamminiamo verso la macchina.

«Tu non hai fame? Tra una palla e l'altra sono già le due e mezza...» domando in riserva di carburante.

«Stomaco chiuso. Ma se vuoi prenderti qualcosa, ci fermiamo.»

Salto, anche perché tornare di nuovo al Mc Donald's (e stavolta con tutta la coreografia di bambini urlanti come contorno) non mi attira per niente, nei bar non è più rimasto mezzo panino e i ristoranti o hanno già chiuso il servizio o sono cari arrabbiati.

«Senti... Domani con i ragazzi del gruppo andiamo a fare una gita in montagna, andata e ritorno in giornata. Ti va di venire?» mi propone Alessio in uno slancio di cortesia.

Il «gruppo», ovviamente, è una sezione di CL: tutti uomini tra i trenta e i quarant'anni. Di donne nemmeno l'ombra. Una volta sono andato con loro, attirato più dalla possibilità di visitare un posto nuovo a una cifra ridicola che altro, e sono rimasto letteralmente fulminato dal momento del pranzo. Me lo ricordo come fosse ieri (sarà passato un anno, forse di più): mi ero portato un panino gigantesco, bresaola e caprino, buono e pure costoso. Quando ci siamo fermati per mangiare, neanche il tempo di tirar fuori dallo zaino la mia baguette che subito un tale mi ha bloccato perentoriamente: «Non aprirlo, mi raccomando! Mettilo in questa cesta, che poi ognuno pesca e così ci scambiamo il cibo».

Cooosaaa?!? «Ci scambiamo il cibo»?

Proprio così. Per loro è un «segno di fratellanza», per me è stata un'inculata galattica, visto che mi sono beccato uno schifosissimo panino alla mortadella.

«Ti ringrazio, Alessio, ma domani preferisco stare a casa... Grazie comunque»: ne esco con eleganza.

Passerò la domenica in casa, sperando che si rifaccia viva Ely e consolandomi con le battute di Ross. Tra uno sguardo alla tv, qualche pagina di libro e l'abituale ronfata sul divano, dove di solito mi appaiono in sogno le visioni di ciò che mi aspetta nella settimana a venire...

12

siamo tutti precari

«Ci hanno tolto il posto fisso / Ci hanno tolto anche il futuro / Ci hanno dato il precariato / È una presa per il culo!» intona a mo' di cantilena un tipo col megafono.

«Sciopero! Sciopero! Sciopero!» gli fa eco un gruppo di ragazzi dietro di lui.

Stamattina corso Vittorio Emanuele è inaffrontabile: volevo giocarmi i dieci minuti di anticipo, guadagnati beccando subito autobus e metro, con una passeggiatina per il centro, ma niente da fare. La strada è occupata da un migliaio di persone o forse più – settantotto secondo la Questura, mezzo milione per gli organizzatori (che poi questa perenne discrepanza sui dati dei partecipanti alle manifestazioni non l'ho veramente mai capita!) – tutte tra i venticinque e i trent'anni, ben vestite e senza la tipica aria da militante. Niente rebbonzi, niente punkabbestia e neppure camicie nere. Ragazzi qualunque.

«Unisciti a noi. Facciamo sentire la nostra voce!» mi invita una tipa che non smette un attimo di urlare.

«Scusa... Per cosa manifestate?» chiedo mentre i cori mi coprono la voce.

«Ma come, non lo vedi? Siamo tutti stagisti... Questo è il primo sciopero nazionale degli stagisti!» mi fa lei orgogliosa.

Oh mamma, roba da non crederci, adesso scioperano anche gli stagisti. Ma il punto è: per ottenere che cosa? Bene che vada, gli daranno qualche buono mensa in più...

Io sono cresciuto coi racconti degli scioperi del Sessantotto di mio zio Giulio che la mattina presto partiva dal paese per raggiungere Bologna e Modena «per difendere il popolo e combattere contro le istituzioni e la società borghese», come diceva sempre mamma. E giù con la storia delle rivolte, delle barricate, delle botte, degli scontri di piazza: «Noi sì che eravamo pieni di ideali» mi assilla ancora adesso zio Giulio, «mica come questi giovani d'oggi: buffoni senza uno straccio di credo in testa che si accontentano di tutto e non combattono per niente!».

All'inizio pensavo che avesse ragione. Poi, da quando mi sono trasferito a Milano, mi sono reso conto che è esattamente il contrario: le nuove generazioni, spesso, di voglia di lottare ne hanno eccome. E vedere questi ragazzi ne è la conferma.

Sono stagisti, non combattono per un aumento di stipendio o per modificare lo Statuto dei lavoratori; scendono per le strade «solo» per far sentire la loro voce, perché qualcuno si accorga di loro, per chiedere un futuro diverso. Perché quello che hanno (che *abbiamo*) davanti non lascia intravedere il più pallido raggio di sole. Hanno tutta la mia approvazione. E avrebbero anche quella di zio Giulio, se in questo momento fosse qui.

«Buongiorno Daniele, ci sei solo tu stamattina?»

«Gloria è a prendere il caffè alla macchinetta, mentre Stefania oggi non viene. Ha mandato una mail: è fuori Milano con Mark per una riunione. Credo siano a Roma per quel meeting con le consociate dell'Est.»

«Hai visto che casino di sotto?» chiedo a Daniele per vedere che pensa dello sciopero degli stagisti.

«Non solo di sotto, ma anche qui in MRW: nel settore commerciale c'è la metà delle persone rispetto al solito, in ufficio comunicazione ci sono solo il manager e l'account: lì tutte e sei le ragazze che fanno pr e press office sono in stage» ci spiega a voce alta Gloria, che nel frattempo cammina verso di noi sorseggiando il suo caffè. «Da noi mancano Marcello e Kim, quindi mi sa che oggi di impaginare presentazioni non se ne parla proprio.»

Marcello è il sostituto di Paolo, Kim è una bizzarra giapponesina che lo affianca. Sono entrambi in stage, da cinque mesi: lui, si sa già, non verrà confermato, mentre per Kim si parla al massimo di un possibile contratto in co.co.pro. di altri sei mesi.

«Questa faccenda degli stagisti deve finire: non si può prendere gente che non sa fare niente, spremerla per sei mesi a pieno regime e poi lasciarla a casa e trovare qualcun altro. Ai giovani bisogna insegnarlo, il mestiere» attacca Gloria.

«Guarda che gli stage funzionano così dappertutto! Sei mesi gratis, se ti va di culo altri sei con rimborsi da 3/400 euro e poi ti attacchi. In questo modo, l'azienda ti tiene per un anno praticamente a costo zero, ti fa lavorare come un impiegato normale e alla fine ti sostituisce con il primo che capita...» incalza Daniele, che sembra sapere il fatto suo. «Io di stage ne ho fatti tre: due volte per sei mesi gratis e arrivederci e grazie; la terza, invece, per un anno, con la formula "Prima non ti pago, poi ti do giusto i soldi per prendere il tram e mangiarti un panino". Beh, alla fine dell'anno, quando mancavano dieci giorni alla scadenza dello stage, ho parlato col direttore che mi ha detto che era molto soddisfatto del mio lavoro e che per lui sarei dovuto rimanere. Tempo altri tre giorni e m'ha richiamato raccontandomi che gli dispiaceva tanto ma che l'azienda aveva deciso di prendere, al posto mio e degli altri tre stagisti... quattro nuovi stagisti! Capito com'è la mossa?»

Sembra un film dell'orrore, ma chi esce dall'università oggi sa bene che è la realtà. La cruda realtà. Ti prospettano lo stage come fosse l'opportunità di una vita («Il tuo primo contatto col mondo del lavoro»), poi però ti accorgi che nessuno ha la voglia, e magari neanche la capacità, di insegnarti una sega, e che tutti ti trattano come un lavoratore fatto e finito. Salvo non darti un cazzo di niente e accompagnarti alla porta, a fine stage, tra strette di mano e pacche sulle spalle: «Complimenti, sei un ottimo elemento. Siamo davvero soddisfatti del tuo lavoro!». Sì, però chissà perché poi il posto non te lo danno. E anche se te lo danno, per una pura fatalità, è precario.

Precario, precario, precario.

Nessuna garanzia, terrorismo psicologico, ricatti, minacce. Contratti a tempo che si schiantano contro binari morti o, nella migliore delle ipotesi, altri contratti a tempo. Senza poter programmare né il futuro né il presente.

Questo non è precariato di lavoro, questo è precariato sociale. Una spada di Damocle che pende costantemente sulla tua testa, sulle tue ambizioni, sui tuoi progetti.

«I problemi comunque sono parecchi anche per noi, non solo per gli stagisti. Guardate la pensione: non crederete sul serio che lo Stato ci darà mai qualcosa?» riprende Daniele.

«Devi farti una pensione privata, le varie previdenze complementari», risponde Gloria. «Io con la formula Valore al Futuro pago 200 euro al mese e dopo trentacinque anni ho una rendita mensile di 640 euro. Certo, non sarà il massimo, ma considerando che ho la casa di proprietà col mutuo trentennale, alla fine sono abbastanza tranquilla. Voglio dire: se non altro riuscirò a dormire al caldo e a farmi un piatto di minestra.»

«Averceli, i 200 euro al mese da versare per la pensione privata» ribatto sarcastico.

L'ennesima discussione sul tema finisce col prendere la solita piega da pessimismo cosmico. Per fortuna un sms mi rimette di buon umore: *«Parlato con Enel:restituiranno i soldi della perdita di gas! Cmq x adesso la bolletta la paga Teo. Lui e Ale hanno fatto pace!Bacioni,Ross»*.

Meno male, problema bolletta risolto! Se Matteo ha accettato di anticipare i soldi della bolletta e ha fatto pace con Alessio, finalmente in casa si tornerà a respirare. È da sabato che c'è una tensione che si taglia con il coltello.

Approfitto della mattinata un po' smorta per fare un fischio a mia madre: quando la chiamo dall'ufficio – non se l'aspetta mai, di sentirmi in orario di lavoro – la faccio sempre felice. Mi informa che il controllo annuale dal medico è andato bene, e quel dolore che papà aveva da un po' di tempo al fegato non era nulla di grave. E come al solito mi saluta strappandomi una promessa di farmi vedere più spesso.

Per reagire all'apatia, mi metto a cazzeggiare con la posta elettronica. «Invia e Ricevi»: un nuovo messaggio non letto.

«Ciao tesoro, scusami ancora per lo scorso week-

end ma è stato un vero casino. Mi sono dovuta portare del lavoro a casa, poi c'era la festa di compleanno della Laura e sai com'è, un giorno intero in giro con lei per scegliere il vestito, poi la festa nella villa dei suoi con tutto il ricevimento... Uno sbattimento che non hai idea! Però guarda che ho una voglia matta di vederti: ti chiamo domani o dopo, un bacio immenso.

Ely.»

Ely, sempre lei.

Sparisce nel nulla, io inizio il processo di cancellazione dei suoi file, ma lei ricompare puntuale prima che riesca a svuotare il cestino. Così mi fotte. E continua a comandare il gioco a suo completo piacimento.

La mia faccia dev'essersi improvvisamente incupita, perché Daniele (nel frattempo siamo rimasti in ufficio solo io e lui) mi fissa con aria da punto interrogativo.

«Eleonora?» accenna a mezza voce.

Ormai lo sanno tutti, anche in ufficio. Quando ho qualcosa che non va, c'è sempre lei di mezzo. Poi lui l'ha pure conosciuta, a una festa.

«Sì, non so mai cosa fare con lei: a volte vorrei chiudere per sempre, poi però non ce la faccio e lei mi si ripresenta come se non fosse successo nulla...»

«Beh, evidentemente per lei non è *veramente* successo nulla. Non puoi dare la colpa a lei perché *tu* vorresti una storia diversa: se così non ti va, parla con lei e mettila di fronte a una scelta. Ma che sia una scelta definitiva.»

«Ecco, lo sapevo: mi odi!» sentenzio con l'atteggiamento di un bambino capriccioso, battendo i pugni sulla scrivania e i piedi per terra.

Scoppiamo a ridere di gusto, come non capita quasi mai in ufficio.

Ha ragione lui. Ha fottutamente ragione lui.

«Comunque adesso smetti di pensarci... Dico io: l'unica volta che siamo liberi di non far niente vuoi tenermi quel muso che striscia sul pavimento?»

«Ok, hai vinto tu! Ora ti recito tutte le battute dell'ultima puntata di *Zelig*...»

«Mi sa che preferivo il broncio!» mi apostrofa con sarcasmo. «Dài cretino, piuttosto dammi un consiglio: devo uscire con un tipo che ho conosciuto in discoteca e lui insiste nel voler andare a cena. Ma dato che toccherà a me offrire – ha solo ventidue anni e studia ancora – sono mezzo disperato perché, se paghi una cena per due persone a Milano, rischi di andare in bolletta...»

«Bel problema!» sentenzio di getto cercando di trovare una via d'uscita.

«A te non è mai capitato?»

«Guarda, Eleonora insiste sempre per andare fuori a cena e non ci arriva proprio a capire che 60/70 euro non sono nel mio budget. E anche se fosse che si paga alla romana, con 30 euro ci faccio quasi la spesa per una settimana. Ma sai che devi fare? Invitalo a pranzo. Ti inventi la scusa che la sera a cena sei sempre incasinato col lavoro e gliela butti lì per un mezzogiorno, magari anche di sabato, così non hai il timer dell'ora d'aria pronto a esploderti nel piatto...»

Non faccio in tempo a concludere la frase che Daniele salta su con fare da pin-up: «Sei un mago, Claudio, un vero mago!».

Non c'è che dire: mi fa quasi più complimenti lui di Eleonora.

13

happy hour

Tutto mi sarei aspettato da Stefania, tranne che mi invitasse a prendere un aperitivo con lei. Men che meno da soli.

«Ti va un drink al Retrò, stasera?» mi aveva proposto con aria ingenuamente provocatoria mentre fotocopiava il fascicolo completo del piano marketing di Ka-Ty. «Offro io, non preoccuparti.»

Precisazione doverosa. Decisiva, direi. In caso contrario, dubito fortemente che avrei speso 8/10/12 euro per un cocktail annacquato e tre olive in sua compagnia.

«Ah, e prima che ti faccia venire strane idee: l'ho chiesto anche a Mark e Gloria, purtroppo però loro hanno già altri impegni.»

Altra precisazione doverosa.

Avrei potuto inventarmi una scusa anch'io ed evitarle il disturbo, ma mi è sembrato un colpo di scena talmente imprevisto che non sono riuscito a trattenere la curiosità di scoprire le sue reali intenzioni. Adesso, mentre la guardo ammiccare sorniona a un cameriere per invitarlo a servirci, mi sembra di trovarmi di fronte un'altra persona rispetto alla spavalda arrampicatrice sociale che per mesi ha cercato ogni pretesto per mettermi i bastoni tra le ruote. Forse mi sto semplicemente lasciando suggestionare dalla situazione o forse, inconsciamente, aspettavo che fosse lei a fare il primo passo per venirmi incontro e lasciar cadere così ogni mia ostilità nei suoi confronti. Non lo so. So soltanto che in questo preciso momento ho come il rimorso (o quantomeno il sospetto) di averla sempre giudicata con troppa severità.

«È carino qui, vero? Molto *etnolounge*! È la prima volta che ci vieni?» mi domanda con l'aria affabile di chi si sente in dovere di fare gli onori di casa di fronte all'ospite.

«Cosa? Ah sì, certo. Carino...» le rispondo guardandomi intorno, per non deludere sul nascere le aspettative che evidentemente nutre su questo incontro. In realtà, l'unico dettaglio che riesce a catturare la mia attenzione è la penuria di cibo e stuzzichini sul bancone: un vassoio di purè, uno di insalata di riso, una pirofila di wurstel e crauti, un piatto di verdure miste (scondite), un cestino di patatine e crostini e poco altro. E soprattutto digerisco a fatica l'appellativo di locale «etnolounge», becera definizione da viveur aristocratico che riassume la combinazione tra l'arredamento a base di legno, canne di bambù e argilla espansa – con poltroncine di vimini e tovagliette di iuta dipinte a mano – e la musica chill out diffusa da minuscole casse sparse per tutto il locale.

«Io ci vengo spesso, quando esco dall'ufficio. Sai, il proprietario è un mio ex fidanzato, quindi è un po' come se fossi di casa...»

Non stento a crederlo. Anzi, a essere sinceri mi viene da pensare che questo sia esattamente il suo habitat naturale: snob, sofisticato e selettivo – ovvero le proverbiali «tre S» del perfetto milanese.

«Tu non ti fai mai l'happy hour, finito di lavorare?» mi chiede come se fosse il dettaglio più rilevante per riuscire a conoscermi meglio.

«Oh, beh... Sì, ogni tanto sì. Spesso vado al barettino dietro casa mia: una birra media costa 4 euro e c'è una paccata di roba da mangiare. In pratica ti tirano dietro tutti gli avanzi della giornata...» abbozzo con una nota di ironia, sperando che capisca che sarò anche un morto di fame, ma so godermela lo stesso.

Mi rimarrà per sempre il dubbio se l'ha capito oppure no, perché proprio mentre Stefania sta per replicare, con un vago accenno di compiacenza, il cameriere ci interrompe con la consueta formuletta: «Cosa vi porto?».

Io vado sul classico mojito. Stefania invece ordina «Un Martini Cocktail, molto secco mi raccomando» col suo classico, irritante fare da stronza. Dopodiché si alza per prendere gli stuzzichini accompagnando a braccetto il cameriere verso la cassa. La vedo allungare al cassiere una banconota da

20 euro (e zero resto) e rimango a fissarla inebetito finché non scompare dietro la porta della toilette.

«Sta' a vedere che adesso mi chiederà anche di accompagnarla a casa e farà di tutto per portarmi a letto» comincio a fantasticare cercando di assemblare i vari tasselli della sua improvvisa benevolenza nei miei confronti.

A distrarmi dai miei pensieri è il vociare insistente di una comitiva di ragazzi ammassati come mattoncini del Tetris su un divanetto a U dietro di me. Per evitare di dare troppo nell'occhio voltandomi brutalmente e squadrandoli tipo Polaroid, provo a tendere l'orecchio nel tentativo di origliare i loro discorsi. Intuisco, dall'espressione ricorrente «E tu cosa stai facendo di bello?», che si tratta di una cosa tipo «rimpatriata tra ex compagni di scuola che non si vedono da tempo». La cosa mi stimola uno sforzo d'attenzione in più: adoro questo genere di eventi stile *Compagni di scuola*.

«Di bello, dici?» sento dire a una voce femminile secca ma ben modulata. «Lavoro come commessa in un negozio di abbigliamento in centro. Tutti i giorni lo stesso identico sclero, sabato e domenica compresi. E sotto le feste è un continuo di straordinari che non hai proprio idea!»

«Ti pagano bene, almeno?» si inserisce una voce maschile monotona e priva di colore.

«975 netti al mese, più 8 euro all'ora per gli straordinari... Il problema è che meglio di così non ho ancora trovato. Tu, invece?»

«Adesso sono a progetto in una tv privata: mi hanno fatto un contratto per una trasmissione proprio dieci giorni fa, dopo sei mesi di stage» racconta una terza voce, anche questa maschile, sensibilmente su di giri. «Se tutto va bene, entro tre settimane dovrebbe partire il mio primo programma.»

«In che senso il tuo primo programma?» replica di getto la voce femminile dei 975 al mese.

«Nel senso che sono io l'autore. È una bella responsabilità, ma appena me l'hanno proposto ho accettato senza pensarci un secondo. Oh, mi raccomando: poi tutti davanti alla tv, eh!»

«Ma sei diventato un Vip, allora! Posso chiederti l'autografo?» si sovrappone un'altra voce, più femminile e stridente della precedente, quasi da teenager.

«Un Vip mica tanto: prendo 1500 euro lordi al mese e sono lì dentro dalle nove del mattino alle undici di sera praticamente tutti i giorni. Non credere che guadagni dei milioni solo perché lavoro in televisione...» reagisce la voce maschile improvvisamente infastidita.

«Il mio ragazzo prende meno di te» fa eco la voce da teenager in tono mestruale «e lui fa l'ufficio stampa in un colosso dei computer. Quando lo dice tutti sgranano gli occhi come se fosse chissà cosa. In effetti le responsabilità sono tantissime, viaggia spesso, fa riunioni in video-conferenza con gli Stati Uniti tutte le settimane... E alla fine dei conti guadagna meno di un idraulico o di un imbianchino: 1200 euro circa.»

«Che volete farci? Adesso è così la storia. Hanno livellato gli stipendi minimi per poter alzare tutti gli altri. Secondo voi è giusto che io, come tecnico audio in una radio nazionale, prenda 1050 euro in busta mentre il mio responsabile, che lavora più o meno quanto me, ne intasca quasi 7000?» sbotta una voce maschile con squillante accento toscano. «E ogni volta mi rinfacciano lo stipendio come se dovessi baciare il culo per avermi raccolto dalla strada... Non vedo l'ora di poterli mandare a cagare, cazzo!»

Il mio origliare è bruscamente interrotto dal ritorno di Stefania.

«Scusami se ti ho lasciato solo, ma di là c'era il mio ex che mi ha attaccato una pezza interminabile. A un certo punto ho dovuto fargli credere che tu fossi il mio fidanzato, per riuscire a liberarmi, altrimenti a quest'ora sarebbe ancora lì a menarmela... Ma vai pure a prendere da mangiare, bado io alle borse.»

Non so se mi dà più fastidio aver perso il filo del discorso dei ragazzi dietro di me, o essere stato venduto come il ragazzo di Stefania davanti al suo ex. Comincio vagamente a sentire puzza di bruciato e, per evitare reazioni inopportune, decido di seguire il consiglio e vado a prendermi da mangiare.

Mentre torno al tavolo ne approfitto per fissare i tipi sul divanetto: nel frattempo si sono fatti stranamente silenziosi. È curioso: trovandomeli di fronte come un fotogramma di un film muto, non saprei ricollegare nessuna delle voci che ho sentito al suo possibile proprietario. Nessuna teenager, nessun bonzo dall'aria esagitata, nessuna fisionomia da squillante accento toscano, nessuna ragazza che riveli esteriormente il minimo dettaglio sul proprio impiego. C'è una darkettona che sembra uscita pari pari dai fumetti di *Emily La Stramba*, c'è un pioppo alto un metro e novanta in giacca, cravatta e capelli impomatati con riga laterale, c'è una specie di orso stempiato con pizzetto e ciuffo di peli fuori dal colletto della camicia, c'è una mezza sosia di Stefania, anche lei supermodaiola e griffata dalla testa ai piedi, c'è un tipo rasta con dei dreadlocks chilometrici, un cappello alla Bob Marley, una giacca militare e un paio di guantini in pelle nera senza dita. Rifacendo mente locale sui loro discorsi, non riesco a trattenere una strana sensazione di straniamento. E non soltanto perché non so a chi appartengano le varie voci, ma anche perché non capisco bene in che razza di società avanzata del Terzo Millennio sia perfettamente normale che dei ragazzi tra i venticinque e i trentacinque anni (me compreso) possano guadagnare sistematicamente meno di 1000 euro al mese pur occupando posizioni di responsabilità o di apparente prestigio.

«Ma che c'è? Hai visto un fantasma là dentro, per caso?» mi domanda Stefania facendomi tornare di colpo con i piedi per terra.

«No, no, scusa, nessun fantasma. Sono solo un po' stanco.»

«Ti capisco: è sei mesi che sei dietro a quel cazzo di piano di marketing!»

Il tono di Stefania è stranamente consolatorio, quasi complice, come non è mai stato prima d'ora.

Se sta facendo tutto questo solamente per una scopata, non capisco perché ci stia girando così tanto intorno. Se, dopo tutte le beccatine di questi mesi, si sente in qualche modo in debito di scuse... Idem: non capisco perché ci stia girando così tanto intorno.

«Senti Claudio, *detto fra noi*, secondo te Ka-Ty venderà davvero come pensa Mark?»

Cosa dovrei risponderle? Ka-Ty è come se fosse mio figlio, sono io che l'ho visto nascere e l'ho fatto crescere. In effetti, non ho la minima idea se un guscio per cellulari in gomma di colore cangiante a seconda della temperatura ambientale (Ka-Ty non è altro che l'abbreviativo di «Kaleidoscope Tyre», e poco importa se le quindicenni a cui è indirizzata non capiranno mai cosa diamine vuol dire. Il Primo Comandamento in MRW recita: «Il marketing è business, e la lingua del business è l'inglese») potrà essere il successo planetario che mi è costato sei mesi di duro lavoro, ma a questo punto chissenefrega. Il mio, di Primo Comandamento, recita: «Se piace al tuo capo, tu non hai colpe». E a Mark il mio progetto è piaciuto.

Caso chiuso, si volta pagina.

«Beh, vedi, oggi il mercato degli accessori per telefonini è uno dei pochi in continua ascesa e, in fondo, questo è un prodotto innovativo e divertente. Ma poi non eri tu che continuavi a ripetere "Ka-Ty è dinamismo, Ka-Ty è vitalità!"?» accenno.

«Ma lascia perdere quello che dico e faccio in ufficio, per favore... Il lavoro è una cosa, le opinioni personali un'altra.»

Perché si sta esponendo in questo modo? Perché sta scoprendo il fianco, rischiando che io possa approfittarne, affondandole finalmente nel costato la freccia avvelenata che tengo in serbo per lei da quando l'ho vista la prima volta? Perché proprio con me, che non le sono mai andato a genio, e non con Daniele allora, che le ha sempre fatto le fusa per tenersela buona in caso di bisogno?

«Io non lo metterei mai sul mio cellulare...» concludo in modo più o meno diplomatico. «Ma io non sono il target di Ka-Ty. Tutto sommato penso che le ragazzine e i giovanissimi invece lo apprezzeranno parecchio.»

«Sarà» asserisce Stefania mettendo il punto definitivo alla discussione.

Per poi aggiungere: «Facciamo due passi? C'è ancora qualcosa che devo dirti...».

14

generazione mille euro

«Cazzo, Claudio, non ci credo. Questa è una storia da romanzo o da soap opera, te ne rendi conto?»

Ero sicuro che Rossella avrebbe reagito in questo modo. Parola per parola.

Giuro: non avevo alcun dubbio.

Sono le due passate, fuori pioviggina e le strade di periferia sono avvolte dalla nebbia, interrotta solo dai fari delle macchine che si dirigono verso l'autostrada.

Ho ancora il giubbotto addosso, la camicia mezza aperta e i capelli elettrici. Tengo i gomiti ben appoggiati al tavolo della cucina e fisso Ross, seduta davanti a me, mentre per inerzia mescoliamo lo zucchero delle nostre tisane.

«Prima dà le dimissioni, poi ti porta a letto... È fantascienza!»

«Parla piano... Lo sai che Alessio ha il sonno leggero e s'incazza se qualcuno lo sveglia.»

«Cazzo, Claudio, ma tu come te lo spieghi?»

«Come me lo spiego *cosa*?»

«Non fare lo gnorri, è un anno che Stefania ti tira merda addosso per Ka-Ty, e adesso che il lavoro è finito, anziché prendersi tutti i meriti, di punto in bianco se ne va... E poi ti si scopa pure! Lo capisci che tanto normale non è?»

«Non lo è, infatti. Se è per questo scopa *molto meglio* di una persona normale...» preciso con il tono di chi è stato finalmente iniziato al Sesso con la S maiuscola. «E comunque, guarda: la storia è semplice, me l'ha spiegata lei. Due settimane fa ha conosciuto il direttore della più importante agenzia di moda americana, uno di quelli che pagano il caffè con gli assegni in bianco. Ovviamente se l'è portato a letto e *ovviamente* dopo dieci minuti s'è ritrovata con l'offerta di fargli da Project Manager a New York. Secondo te avrebbe dovuto rifiutare?»

«Che troia!» commenta seccamente Ross con un sorriso forzato.

So benissimo che sta per dire «Allora è vero che nella vita l'unica cosa che serve saper fare è scopare!», così mi insinuo nei suoi pensieri e preciso: «Guarda che non lo fa perché è un'arrivista, lo fa perché le piace e basta. Un manager o un macellaio per lei sono la stessa cosa: maschi. Punto. Non ha bisogno del curriculum per farsi venire certe voglie».

Finisco la frase e mi concentro sul profumo dell'infuso per riavvolgere il ricordo della serata nella mia mente. Ross ha ragione: tutto questo è fantascienza.

«Ma come vi siete lasciati?»

«Niente, con un bacio. Non una parola, niente... Nessuno di noi due sapeva che cazzo dire. Mi sono a malapena rivestito, l'ho guardata e sono tornato a casa.»

«Beh, però magari adesso in agenzia ti trovi un'autostrada davanti, visto che lei ha lasciato libero il suo posto.»

«Non ne sarei così sicuro... Mark non mi ha ancora fatto sapere niente, e dopo il palo in faccia che mi sono già preso al ritorno da Barcellona, non voglio più farmi seghe mentali. Ormai l'ho imparato: responsabilità, stima e complimenti non vanno quasi mai di pari passo con assunzioni, aumenti e gratificazioni concrete.»

Bevo un sorso di tisana dando un'involontaria solennità al mio discorso che, in fin dei conti, non è certo una novità.

«Pensa che mentre eravamo all'happy hour mi sono messo ad ascoltare i discorsi di un gruppo di ragazzi più o meno della nostra età. Oh, tutti nelle nostre condizioni, tutti con stipendi da fame, tutti a fare conti da ragioniere per tirare la fine del mese, tutti con lavori fichi e nessuna prospettiva per il futuro. E tutti a meravigliarsi di non essere gli unici messi così da panico. Non immaginano nemmeno che invece siamo milioni.»

«Scusa, eh...» ribatte Rossella come se le si fosse istantaneamente accesa la lampadina. «Visto che non fai altro che parlarne, perché allora non ci scrivi un saggio, sulla “nostra generazione”? La generazione dei 1000 euro al mese, i “milleuristi”...»

«Un saggio? Ma che tristezza. Fa troppo manuale di economia e commercio, tutto numeri e statistiche. A chi credi che possa interessare?» le chiedo sogghignando per non castrarle brutalmente l’idea sul nascere. E per dimostrarle che abbaio ma non mordo, le prendo la tazza e gliela lavo.

«Ok, forse hai ragione» mi concede «ma qualcosa bisognerebbe fare! Come puoi pensare che la situazione possa cambiare se continuiamo a parlarne solo tra di noi?»

«Cioè?»

«Non lo so, organizza una manifestazione nazionale dei milleuristi!»

«Naaa, ti prego! Non saprei nemmeno da dove cominciare. E poi non vorrei che come al solito qualche politico ci mettesse le mani sopra per strumentalizzarla... Hai visto anche tu cos’è successo con lo sciopero degli stagisti l’altro giorno, no?»

«In effetti. Vabbe’, niente saggio, niente manifestazione... Allora scrivi un romanzo.»

Ho capito: questa è la tipica discussione tra me e Rossella che si chiuderà per ko tecnico. O trovo la maniera di rimbalzarla alla svelta, oppure mi sfinirà finché non farò esattamente quello che vuole lei.

«Ross, *un romanzo*? Ma se la cosa più interessante che ho scritto fino a oggi è stata la tesi di laurea. E poi, fammi capire: perché non puoi scriverlo tu?»

«Perché tu hai le idee più chiare, sei più portato

per questo genere di cose. Eddài, Claudio, non fare il difficile: me lo immagino già, che poi lo legge Muccino o uno di quei registi lì e con i diritti del film diventiamo milionari!» declama Ross in un crescendo di autosuggestione che sicuramente non mi convince, ma quantomeno mi diverte. Sono quasi le tre di notte e la prendo come una crisi di astinenza da caffeina.

«Ross, non dico che non sia un'idea interessante. Dico che non saprei nemmeno da che parte cominciare...»

Finisco di pronunciare la parola «cominciare» e mi mordo la lingua. Che autogol clamoroso: adesso me lo suggerirà lei, e a quel punto non avrò più scusanti per continuare a rifiutare la sua proposta.

«Guarda che mica devi inventarti chissà cosa...» mi imbecca. «L'hai detto tu stesso che siamo tutti nelle stesse condizioni. Tutto quello che devi fare è raccontare le nostre storie esattamente come le viviamo ogni giorno: ti metti al computer e scrivi, scrivi-scrivi-scrivi finché non hai esaurito il repertorio...»

Il tono di Rossella si fa sempre più concitato. Me lo sento: fra non più di cinque minuti sarò al tappeto.

«Insomma, comincia da dove ti pare. Che ne so, per esempio dal giorno in cui sei entrato in MRW... "Giovane ragazzo emiliano di belle speranze alle prese con grande multinazionale nel cuore di Milano: sogni e frustrazioni". Non ti suona perfetto?»

«No, mi suona come una martellata nei coglioni! Cazzo Ross, sembra un tema da esame di Maturità. E poi è passato troppo tempo...»

«Qualcosa di più recente, allora?»

Pausa di riflessione.

«Di più recente? Non lo so. Perché non ce ne andiamo a letto e ci pensiamo domattina, eh? Non è meglio?» le chiedo nell'illusione che la notte le porti consiglio e le resetti la memoria da queste idee malsane.

«Non mi freghi, Cla, lo so dove vuoi arrivare: speri che domani 'sta cosa mi sia passata di mente. Non attacca!»

«Uno pari, palla al centro. Allora ti prometto che domani ne riparliamo davvero, ma adesso sto crollando dal sonno.»

«Trova qualcosa di più recente con cui iniziare il romanzo e fra trenta secondi sarai sotto le coperte...» fa con aria da dominatrice sadomaso. Come se per stasera non mi fosse già bastata Stefania.

«Ma che cazzo ne so? Il colloquio con Mark, la scenata della bolletta, la consegna di Ka-Ty, il viaggio a Barcellona... Mollami!» spiattello meccanicamente senza un minimo di trasporto e di punteggiatura.

Altra pausa di riflessione.

La luce nella stanza di Alessio si accende e puntuale arriva un: «Ma la volete finire, per favore?».

Le faccio segno di non rispondere e mi avvio verso la mia camera.

«Il viaggio a Barcellona, ma certo. Mi sembra perfetto..» mi sussurra entusiasta per non fare altro casino. «In fondo è stato da lì che hai cominciato a vedere tutto sotto una nuova luce, come se la tua vita potesse davvero cambiare da un momento all'altro... Non è così, forse?»

Sì che è così.

«Te lo ricordi qual è stata la prima cosa che hai pensato quel giorno?»

Figuriamoci se me lo ricordo... Alle tre e mezzo di notte, poi.

Oddio... E invece sì che me lo ricordo. Me lo ricordo ancora perfettamente. Non me lo dimenticherò mai, com'era cominciata la giornata in cui mi hanno mandato a Barcellona.

Mi ricordo esattamente la prima parola che mi era venuta in mente quella mattina: «Merda!».

Merda!

È la prima parola che mi viene in mente stamattina. Non la pronuncio solo perché ho ancora la bocca impastata da alcol e sigarette, ma la luce che filtra dalle persiane e si riflette sullo specchio non mi lascia dubbi: non ho sentito la sveglia. Devo essere in un ritardo mostruoso.

Allungo la mano sul comodino e cerco nervosamente l'orologio o il cellulare. Eccolo. Quasi non riesco a guardare il display illuminato: 09:48.

Ri-merda!

Tre, due, uno...

Finito di stampare nel maggio 2006 presso
Grafica Veneta - via Padova, 2 - Trebaseleghe PD
Printed in Italy